밥만 먹고 레벨업

박민규 게임 판타지 장편소설

WISHBOOKS GAME FANTASY STORY

1

박민규 게임 판타지 장편소설

초판 1쇄 찍은 날 | 2019년 9월 4일
초판 1쇄 펴낸 날 | 2019년 9월 11일

지은이 | 박민규
펴낸이 | 권태완 우천제

기획 | 위시북스
편집책임 | 한준만
편집 | 위시북스

펴낸곳 | ㈜케이더블유북스
등록번호 | 제25100-2015-43호
등록일자 | 2015. 5. 4
KFN | 제2-3호

주소 | 서울시 구로구 디지털로31길 38-9, 401호
전화 | 070-8892-7937 팩스 | 02-866-4627
E-mail | fantasy@kwbooks.co.kr

ⓒ박민규, 2019

ISBN 979-11-293-4002-3 04810
      979-11-293-4001-6(set)

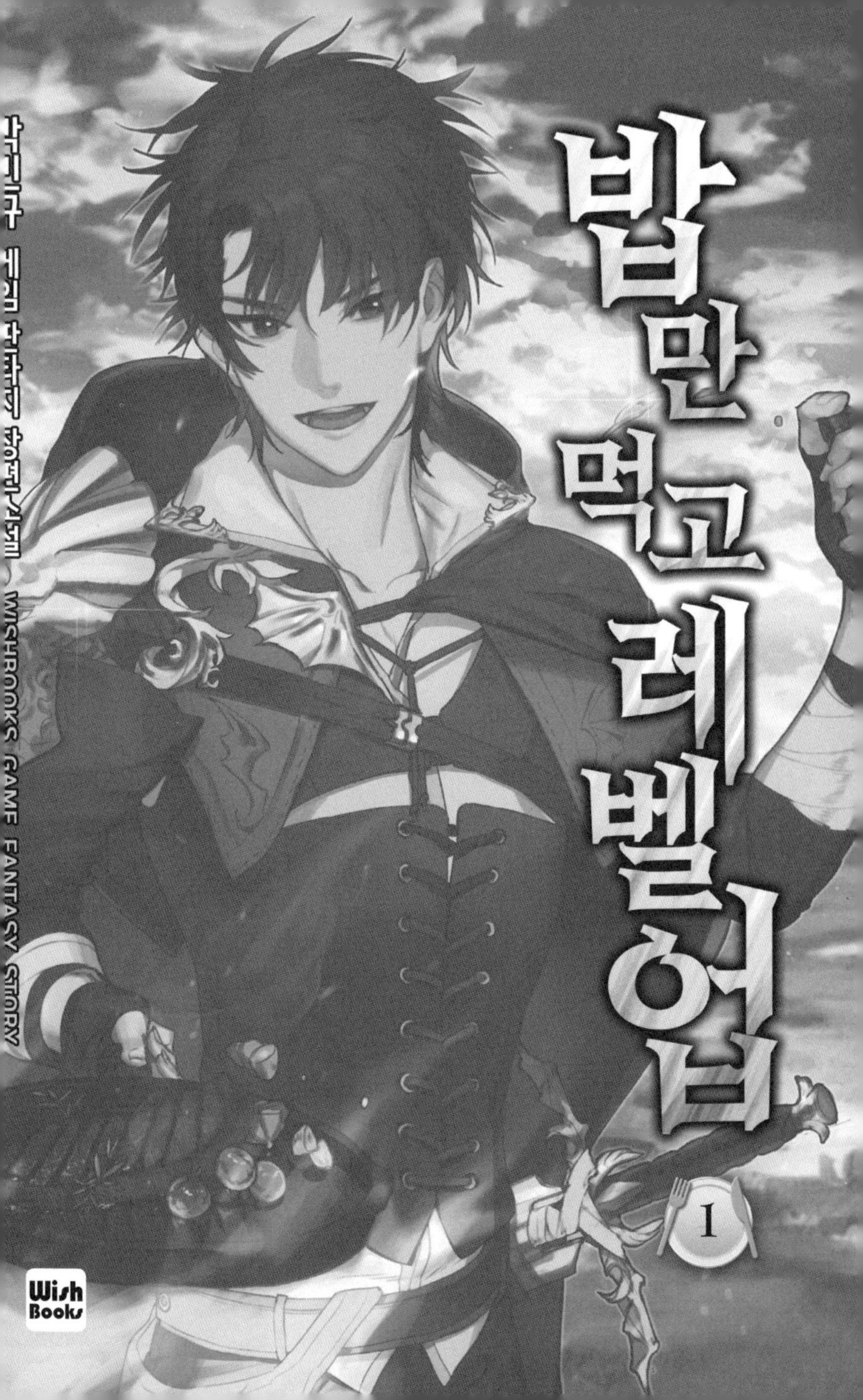
밥만 먹고 레벨업
1
WISHBOOKS GAME FANTASY STORY
Wish Books

CONTENTS

프롤로그

"후우."

가상현실게임 아테네의 공식 세계랭킹 15위. 검은 마법사 알리가 베레스트 산맥의 정상에 도착했다.

'천년설삼을 찾는 데만 자그마치 두 달이 걸렸어.'

천년설삼. 먹으면 마력량을 영구적으로 1.5배 증폭시켜 주는 희대의 명약이라고 불리는 아이템으로 현금 거래가로도 2억 이상의 가치를 가지고 있다.

'한계를 넘어선다.'

알리의 입가에 작은 웃음이 맺어졌다. 게임의 특성상 고렙일수록 마나 보유량을 높이기 힘들어지는데, 천년설삼은 그 단점을 보완할 수 있는 최고의 아이템이었기 때문이다.

알리는 곧 퀘스트의 끝인 목적지에 도달했다. 그러나, 퀘스트 완료를 앞에 두고 행복해야 할 알리의 얼굴이 일그러지기 시작했다.

"어, 없다……?"

그는 경악할 수밖에 없었다. 이미 누군가 천년설삼을 파헤쳐서 가져간 흔적이 역력했기 때문이다.

'도대체 누가……!'

퀘스트를 중복해서 다른 누군가 받아낸 것일까? 아니, 그것보다도 이 정도 퀘스트라면 어지간한 상위 랭커가 아니라면 불가능할 것이다. 그런 생각을 하던 알리는 곧 냉정해졌다.

'아직 근처에 있을지도 모른다.'

천년설삼을 위해 자그마치 두 달을 소모했다. 알리는 이대로 돌아갈 순 없다고 생각했다. 이윽고 그의 손에서 푸른 빛이 뿜어지기 시작했다.

[추적 마법이 발동됩니다.]

추적 마법은 그 자리에 있던 아이템이 반경 1㎞ 내에 있을 때 정확한 위치를 알아낼 수 있는 마법이다.

[반경 300m 내에서 목표물을 발견했습니다.]
[추적을 시작합니다.]

화살표가 떠올랐다.

'PK를 해서라도 기필코!'

알리는 빠르게 화살표를 쫓아 움직이기 시작했다. 그렇게 100m 정도 움직였을 때, 작은 동굴 하나가 모습을 드러냈다.

[헬파이어]

[거대한 지옥의 불이 생성됩니다.]

그의 앞으로 거대한 불덩이가 소환되었다.

혹시 몰라 자그마치 8클래스 마법인 헬파이어로 미리 대비해 둔 알리는 천천히 동굴 안쪽을 향해 걸어 들어갔다.

그러던 중, 그는 코끝을 자극하는 냄새를 맡을 수 있었다.

꽤 익숙한 냄새였다.

'이건······.'

삼계탕 냄새다. 그가 한국 유저였기에 알 수 있었다. 냄새를 맡으며 안으로 들어가던 알리는 눈앞에 펼쳐진 광경에 경악했다.

누군가가 동굴 안쪽에서 뜨거운 가마솥에 불을 지피고 있었다. 그러다가 잠시 후 가마솥 안에서 무언가를 건져내 으적으적 씹었다.

"역시 삼계탕엔 삼이 들어가야지."

"이, 이봐······."

알리의 목소리가 부들부들 떨렸다.

그 목소리를 들은 사내의 고개가 돌아갔다. 검은색 머리카락을 깔끔하게 친 사내였다.

알리는 믿을 수 없다는 표정으로 말했다.

"지, 지금 그거 천년설삼 아니지?"

천년설삼과 같은 영단, 그 외의 특별한 아이템들은 쪼개지는 순간 그 효력을 상실한다. 나눠 먹는 것을 방지하는 시스템인 것이다. 바보가 아니라면, 아테네를 하는 유저라면 모두 아는 사실. 너무 믿기지 않아 현실을 부정하는 알리였다.

"맞는데?"

사내는 태연하게 말하며 한 입도 뺏길 수 없다는 듯 입안에 모두 구겨 넣었다.

"처, 천년설삼으로 삼계탕 국물 내는 놈이 세상에 어디 있냐!"

"여기."

사내는 태연하게 답했다.

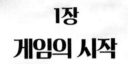

1장
게임의 시작

폭식 결여증. 먹어도 먹어도 만족하지 못하는, 세계에 단 두 명의 환자만이 존재하는 희귀병의 일종.

한식, 중식, 일식, 양식. 어떠한 음식이든지 가리지 않고 먹어치우는 병이다. 환자가 하루 평균 먹어치우는 칼로리는 약 1.5만~2만 칼로리 사이.

강민혁은 폭식 결여증 환자로, 키 185㎝, 몸무게 170kg에 육박하는 거구였다.

그리고 민혁 앞에 있는 남자. 서울병원 정신의학과 교수인 이진환은 국내에서 꽤 명망 있는 정신과 의사였다.

민혁은 치료를 위해 일주일에 한 번 그를 찾았다. 그러나 하루가 지날수록 무릎 통증이 심해져서 이제는 걷는 것조차 힘들어지기 시작했다. 숨은 갈수록 가빠졌고 목도 당기기 시작했다. 고도비만에 따른 합병증이 나타나는 거다.

"요즘 방울토마토 계속 먹고 계시죠?"

"예."

민혁은 쓴웃음을 지으며 자신이 가져온 가방을 열어 보였다. 가방에는 밀폐 용기에 담겨 있는 방울토마토가 한가득이었다.

"방울토마토도 먹으면 살이 찌네요."

대표적인 다이어트 식품으로 알려진 방울토마토는 하나에 2kcal 정도다.

"다이어트 식품도 많이 먹으면 찌니까요. 하루에 몇 개 정도 드시죠?"

"한 5천 개?"

"……채식하는 돼지네요."

"쌤, 너무 팩력배 아니십니까?"

이진환은 쓰게 웃었다. 이런 이야기를 주고받을 수 있는 것도 두 사람이 봐온 지 벌써 5년이란 시간이 지났기 때문이다.

"아시겠지만 저 운동도 열심히 해요. 하루에 네 시간 정도?"

"채식하는 건강한 돼지네요."

"……저 전에 봤던 수능도 1등이었던 거 아시죠?"

"공부 잘하고 채식하는 건강한 돼지네요."

"이 병원, 저희 아버지 겁니다."

민혁은 이건 어떻냐는 듯 이죽 웃어 보였다.

"아아……"

진환은 고개를 주억였다.

'그건 위험하구나.'

하지만 곧 웃었다.

"돈 많은 집 자식이고 공부도 잘하는, 어딜 가도 빼놓을 것 없는 건강한 돼지네요."

"됐어요. 제가 선생님하고 무슨 말을 해요."

두 사람이 마주 보고 웃었다.

희귀병인 민혁을 후벼 파는 것 같았지만, 지금은 오히려 이런 분위기가 나았다. 삭막한 분위기에서 앞으로가 어떻고 치료 방향이 어떻고. 그렇게 말하기에는 민혁의 상태가 너무나 암울했다. 그리고 심각한 이야기를 하기 전에 분위기를 조금 풀어둘 필요도 있었다.

진환이 조심스레 입을 뗐다.

"민혁 군."

"예."

"이제 이대로 가면 정말 위험합니다."

"……."

민혁도 알고 있었다.

그나마 민혁이었기 때문에 이 정도 버틴 것이다. 매일매일 네 시간씩 운동하고, 최대한 식욕을 억제하기 위해 노력한다. 항상 무언가를 먹지 않으면 불안한 폭식 결여증 환자가 170kg의 무게를 유지하는 것만으로도 기적인 셈이다.

하지만…… 그것도 한계에 부딪혔다.

"저도 알아요."

"힘들죠?"

민혁은 고개를 끄덕였다.

"뭐가 가장 힘들어요?"

"먹고 싶은 걸 못 먹는 거죠."

그러면서 민혁은 제스처를 취했다.

"쌤, 생각해 봐요."

입맛을 한 번 다신 민혁이 계속 이야기했다.

"새벽 1시에 띠리릭, 가스 불을 켜고 물을 끓여요. 그리고 라면을 반으로 쪼개서 넣는 거죠."

"오."

진환의 감탄사에 민혁은 아직 끝이 아니라는 듯 젓가락을 쥔 것처럼 움직였다.

"면을 휘휘 들어주면서 잘 익혀요. 그리고 다 익어갈 때쯤에, 계란을 탁! 하나 까서 넣는 거죠. 여기서 포인트."

그는 결정적이라는 듯 진지한 표정이다.

"서둘러 TV 앞에 세팅을 하고 좋아하는 예능 프로그램 재방을 틀어놓는 거죠. 그다음 라면을 먹으면……!"

꾸울꺽-

진환 뒤에 있던 간호사가 침을 꿀꺽 삼켰다.

"죄, 죄송해요. 저도 모르게 상상이 돼서."

민혁은 피식 웃었다.

"개 꿀이죠."

진환은 작게 웃었다. 그래도 이렇게 웃음을 잃지 않으려는 민혁이었기에 다행이다.

"역시 먹는 게 가장 힘들죠?"

"하루에 방울토마토만 5천 개씩 먹어봐요, 힘들죠."

"그래도 아주 잘하고 있는 겁니다."

사실 얼마 전까지만 해도 폭식 결여증 환자는 세 명이었는데, 그중 한 명이 죽었다. 열네 살 소년이었던 그는 식욕을 이기지 못해 식단 조절에 실패했고, 결국 체중이 늘어나며 생긴 합병증으로 꽃다운 나이에 떠나고 말았다.

"먹고 싶은 걸 먹는 순간……."

그땐, 정말 죽을지도 모른다.

뒷말을 잇지 못한 진환이 깍지를 끼며 본론을 꺼냈다.

"이제 새로운 치료법을 제시하려고 해요."

"치료법이요?"

치료법. 이제까지 무수히도 많은 치료를 시도했지만, 번번이 실패했었다.

"예, 가상현실게임 아테네."

"……그거 실패했잖아요."

아테네는 현존하는 가상현실게임 중 최고의 인기를 누리는 게임이었다. 동시 접속자 수 900만 이상으로 전 세계가 열광

하는 게임. 하지만 이미 민혁은 가상현실게임을 통해 폭식 결여증 치료를 시도했었다.

"그 게임은 베르사르였잖아요."

진환이 대답했다.

베르사르. 아테네 이전의 세계를 점령했던 게임.

"맛도 못 느끼는 가상현실게임을 하고 나면 요요 현상만 더 오던데요?"

그랬다. 베르사르는 현실과 비슷한 가상현실게임이었다. 하지만 먹는다는 느낌은 있어도 맛을 구현하진 못했었다.

진현은 회심의 미소를 지었다.

"아테네는 실제로 맛이 느껴집니다."

"예?"

"제가 해봤어요."

"……."

폭식 결여증 치료법을 연구하는 의사들은 그 질병이 정신적인 질병이라고 생각했다. 그래서 처음에 베르사르에서 먹는 행위를 반복해 현실의 체중을 감량하려고 했으나, 맛이 느껴지지 않는 포만감은 오히려 독이었고, 치료는 실패하고 말았었다.

하지만 이번엔 달랐다. 실패에 책임을 느낀 진환이 출시된 지 막 6개월 정도 된 아테네를 직접 플레이하며 씹고 뜯고 맛보고 즐겨보고 확신했다.

"그곳에선 새벽 1시에 라면 100개 먹어도 살 안 찝니다."

연예인 전문 헬스 트레이너와 A급 식단 관리사, 그리고 국가 대표선수 재활훈련사까지. 세 사람이 물속에서 운동하는 거구의 모습을 지켜보고 있었다. 그는 일화그룹의 회장인 아버지 덕분에 체계적인 관리를 받고 있는 민혁이었다.

민혁이 물장구를 치듯이 필사적으로 움직인다. 그가 물 안에서 움직이는 이유는 하나다.

'뛰면 무릎이 망가진다.'

이미 민혁은 고도비만 그 이상에 들어섰다. 뛰게 되면 몸이 부서진다. 그나마 몸이 워낙 뚱뚱해 물속에서 이런 운동을 해도 땀이 비 오듯 쏟아지고 칼로리 소모가 빠른 게 다행이었다.

"허억, 허억."

거친 숨을 몰아쉬는 민혁을 보던 이들 중, 헬스 트레이너 오창욱이 말했다.

"민혁아, 좀 쉬었다 할래?"

"아니요. 헉헉, 조금 헉헉, 더 할게요."

민혁을 지켜보는 세 사람 중 누구도 그 우스꽝스러운 모습에 웃는 사람은 없었다. 얼마나 피나는 노력을 했는지, 그가 살을 빼기 위해 얼마나 노력했는지 모두가 아는 사실이었기 때문이다. 움직일 때마다 뱃살이 출렁거리고, 숨이 터질 듯 차오르지만, 그는 운동을 멈추지 않았다.

　민혁은 세 사람이 바라보는 가운데 운동을 계속하며 병원에서 진환과 나눴던 이야기를 떠올렸다.

　'민혁 군도 알겠지만 베르사르 게임을 했을 땐 요요 현상 때문에 오히려 20kg이 더 쪘었죠.'

　먹어도 맛은 느껴지지 않고 게임 속 포만감만 채워진다. 그것은 끔찍한 요요로 다가왔다. 무엇을 먹든, 아 진짜 맛을 느끼고 싶다는 생각에 억누르던 식탐이 터져 버린 것이다.

　그때 민혁은 20kg 가까이 쪘다. 끔찍한 요요 현상이었다. 특히 민혁에겐 목숨을 위협하는 아주 끔찍한 일이었다.

　'이번에도 요요 현상은 올 수 있어요. 가상현실에서 느낀 맛을 현실에서도 충족하고 싶을 테니까.'

　민혁에게 선택권을 준 진환은 굉장히 씁쓸한 표정이었다.

　'뭘 선택하든 민혁 군 마음이에요. 하지만 제가 말씀드리고 싶은 건…….'

진환은 우리라는 표현을 쓰며 말했다. 그에게도 이게 마지막 수단인 것을 알린 것이다.

'우리에게 더 이상의 선택이 남아 있느냐는 겁니다.'

치료를 선택하는 건 섣불리 결정해선 안 된다. 요요 현상으로 인해 어떤 일이 벌어질지 모르기 때문이다.

"후우."

운동을 마친 민혁이 물에서 나오려고 하자 서둘러 오창욱 트레이너와 몇몇 사람이 그를 물속에서 끄집어냈다. 그다음 수건으로 그의 몸 구석구석을 닦아줬다.

운동이 끝나자마자 민혁은 느꼈다.

'이 빌어먹을 식욕……!'

운동하는 동안은 그나마 괜찮은 편이었다. 하지만 운동이 끝나면 식욕은 곧바로 찾아왔다. 마치 머릿속에서 누군가 계속 먹으라고 소리치는 것만 같았다.

정말 끔찍한 질병이었다.

그리고 언제나처럼 운동실에 음식이 준비되었다. 커다란 그릇. 그 안에 양배추, 양파, 썬 방울토마토로 만들어진 샐러드가 있었다. 소스 없는 샐러드 말이다.

이것과 방울토마토, 또는 영양제나 단백질 보충제 같은 것이 민혁이 먹을 수 있는 몇 가지 안 되는 음식들이었다.

우적우적-

민혁은 미칠 듯한 허기를 채우기 위해 음식을 입안에 밀어넣었다. 하지만 먹어도 먹어도 공복감은 채워지지 않는다.

한 접시를 비워내고 두 접시, 두 접시를 비워내고 세 접시, 세 접시를 비워내고 네 접시. 이런 먹는 행위가 잠을 자기 전과 운동할 때를 제외하고 항상 반복된다. 먹지 않으면 발작 증상이 나타난다. 불안해지고 심장이 빠르게 뛴다. 호흡은 더욱더 가빠지며 식은땀이 난다.

예전에 민혁은 스스로 최악의 치료에 들어선 적이 있었다. 홀로 방에 갇혀 음식과 자신을 격리시킨 것이다. 그리고 벌어진 일은 자신 스스로 생각해도 어이없고 끔찍했다. 방 안에 있는 휴지를 먹어치웠다는 거다.

이내 다섯 그릇째를 먹고 또다시 방울토마토가 가득 찬 밀폐 용기를 든 민혁이 물었다.

"형, 아테네 재밌어요?"

"아테네?"

오창욱 트레이너는 아테네에서 준랭커라고 들었다.

"재밌지, 요새 그것만큼 재밌는 게임은 없으니까."

"저도 한번 해볼까 하는데."

"아테네라."

오창욱 트레이너는 작은 웃음을 지었다.

민혁의 하루는 똑같다. 운동하고 먹고, 자고. 또 운동하고 먹고, 자고. 밖에 나가지도 않았다. 창욱으로서는 민혁이 일반 사람들처럼 인생 좀 재밌게 살았으면 싶었다.

"또 와서 무슨 기록을 달성하려고?"

"크흐, 역시 저란 남자. 손대면 랭커 각입니까?"

"완벽하지. 너야, 했다 하면 뭐든 최고는 찍고 그만두는 놈이니까. 넌 대체 안 가진 게 뭐냐?"

"날씬함이요."

"……."

창욱이 피식 웃었다.

"너 가끔 너무 웃픈 개그 치는 거 아니냐?"

"그렇다고 울어요?"

"아니, 뭐……."

창욱은 말끝을 흐렸다.

"웃는 게 낫지."

"웃차."

민혁은 빙긋 웃곤 몸을 일으켰다.

"아버지는 지금 어디 계세……."

그 순간, 사방이 빙글빙글 돌기 시작했다. 어지러웠다. 심장이 빠르게 뛰고 호흡이 가빠진다.

풀썩.

그리고 그대로 쓰러져 버렸다.

"미, 민혁아!"

"의, 의사 불러!"

순식간에 운동실이 난장판이 되었다.

무거운 눈꺼풀을 들어 올리자 이진환과 아버지가 이야기를 나누는 목소리가 들렸다.

"합병증이 심각합니다. 고혈압, 당뇨, 관절염…… 그 외의 여러 질병까지. 이미 몸이 견뎌내기 힘든 수준에 이르렀습니다."

"……예전처럼 지방흡입을 하면."

"그건 안 됩니다. 예전에 지방흡입을 했다가 빼낸 만큼 먹었잖아요. 잠깐 나아질 뿐입니다."

"내가 뭘 잘못했길래……."

민혁은 멍하니 천장을 올려다봤다.

노력한다. 먹을 것도 최대한 억제한다. 하지만 나아지질 않았다. 갈수록 식욕은 커져만 갔고, 먹는 양은 늘어만 갔다. 몸은 갈수록 비대해진다.

'아직 더 살고 싶다.'

끼이익-

문이 열리고, 아버지의 얼굴이 보였다.

"깼냐?"

"예."

아버지는 쓴웃음을 지으며 그의 앞자리에 앉았다.

"운동을 심하게 해서 잠깐 쇼크가 온 거라네."

그 말에 민혁은 쓰게 웃었다.

일화그룹 회장 강민후. 모두가 동경하는 남자. 그 남자를 아버지로 둔 민혁은 항상 고마웠다. 이런 아들을 부끄러워할 만도 한데, 아버지는 더욱더 자신을 아끼고 사랑하셨다.

민혁이 쓴웃음만 짓자 아버지가 험- 하고 헛기침을 했다.

'이야기하는 걸 들은 게구나.'

이 난관을 어찌할지 고민하던 강민후가 입을 열었다.

"탕수육."

"육개장."

"장어."

"어묵."

"묵사발."

"발? 발……."

곰곰이 떠올려 봤지만 생각나지 않았던 민혁은 아버지를 쳐다봤다. 그리고 이어 서로가 마주 보며 웃었다.

음식이 독이라지만 가끔 민혁은 아버지와 만날 때 끝말잇기를 했다. 이 끝말잇기는 오로지 먹을 것이 주제다. 이렇게라도 조금씩 해소하는 것이다.

"아버지."

"응?"

"저 게임하면 싫어할 거예요?"

"……밥만 먹고 게임만 해도 이 아빈 환영이란다."

강민후도 이진환에게 새로운 치료법에 대해 들었다. 그리고 민후는 아들의 의견을 전적으로 존중했다.

"단, 게임을 할 거면 하나는 명심해라."

아버지는 평소와 다르게 근엄한 표정을 지으셨다.

"재밌게 해라, 네가 재밌고 즐거우면 그뿐이다."

모두가 게임을 하는 이유는 즐겁기 위해서다. 하지만 민혁은 살기 위해 게임을 선택해야 한다.

민혁은 그 말에 작게 웃었다.

"저 할래요. 아테네."

결정했다.

자신의 방에 들어온 민혁은 이미 설치되어 있는 아테네 접속 캡슐을 발견할 수 있었다. 민혁이 알고 있던 사이즈보다 훨씬 더 큰 사이즈였다.

"널 위해 준비한 특대 사이즈다."

창욱이 민혁의 긴장을 풀어주기 위해 장난스레 말했다.

일반 캡슐이 700만 원인데, 이 특대 사이즈는 1,300만 원이었다. 그리고 캡슐 앞에는 만약을 대비한 의료진들이 계속 대기 중이다. 민혁이 게임을 종료할 때 현실 속 육체가 오랜 시간 음식을 섭취하지 않아 어떤 현상이 발생할지 알 수 없기 때문이다. 이렇게까지 준비해 둔 것을 보면 아무리 풍요로운 삶에 익숙한 민혁이라도 부담이 될 터.

창욱이 그의 어깨에 손을 올리며 말했다.

"초보존은 고렙들 입장 불가니까, 최대한 빨리 클리어하고 만나자."

"예, 아, 맞다. 형 닉네임 뭐예요?"

"……흠."

오창욱이 주변 눈치를 보더니 슬그머니 다가와 귓가에 속삭였다.

"제, 제네럴……."

"예?"

순간 민혁은 웃음이 나오는 것을 느꼈다. 아무렇지 않은 척했지만, 꽤 무거운 분위기 속에서 민혁도 긴장하고 있었다. 창욱이 민혁의 긴장을 풀어주려고 노력하는 것이 보였음에도 긴장이 풀리지 않았었는데.

"혀엉! 닉네임이 줴네럴이라고요오?"

"큭, 제네럴이래……."

"어머…… 창욱 씨…… 이름이……."

"얀마, 그걸 말하면 어떻게 해."

"형, 혹시……."

"……?"

"흑염룡은 없어요?"

"빨리 들어감마!"

"옙!"

창욱 덕분에 민혁은 마지막까지 웃으면서 캡슐 안으로 들어갔다. 그러자 모두의 얼굴이 보였다.

'자, 이제 시작해 보자.'

푸슈유육-

캡슐이 닫히고, 전선들이 민혁의 온몸을 감쌌다. 그리고 조금씩 빛이 사라졌다.

잠시 후 어둠 속에서 기계음이 들려왔다.

[아테네. 시작하시겠습니까?]

"예."

파앗!

대답과 함께 민혁의 눈앞을 밝은 빛이 휘감았다.

그와 함께 민혁은 볼 수 있었다.

실오라기 하나 걸치지 않은 한 남성이 서 있었다. 흘러내릴 것 같은 살. 그 때문에 얼굴 윤곽을 알아볼 수 없을 정도였다. 그 남성은 바로 민혁이었다.

[첫 로그인입니다. 캐릭터 외형 변화는 머리카락, 몸무게, 피부

톤만 변경 가능합니다.]

'……베르사르는 이런 것도 못 했는데.'

베르사르는 쓸데없는 것에서 현실성이 있었다. 그 때문에 거기선 몸무게도 변화시키지 못했다.

민혁이 바라는 변화는 딱 한 가지였다.

"73kg의 몸무게로."

그 말과 함께 눈앞의 캐릭터가 빛에 휩싸였다. 이내, 그 모습을 드러낸 것은 훤칠한 키의 잘생긴 민혁이었다. 5년 전, 폭식 결여증이 찾아온 이후로 자신의 본 모습을 본 적이 없었다.

순간 눈물이 핑 돌았다.

"조, 존잘이잖아……."

오똑하게 솟은 코, 눈은 무쌍이지만 상당히 컸고 턱선도 날렵했다. 거기에 185㎝의 키는 모델이라고 해도 흠잡을 데가 없었다. 말 그대로 엄청난 미남이었다.

민혁은 자신도 모르게 손을 뻗어봤다. 만져보고 싶어서였다. 하지만 접근할 수 없었다.

그래도 보고만 있어도 웃음이 났다.

"이게 나라고……."

웃음이 지어졌다. 뚱뚱한 자는 긁지 않은 복권이라 하였다. 긁어진 후의 자신은 저 모습이다.

'해내고 만다.'

그런 생각을 하던 때 또다시 알림이 들려왔다.

[추가적으로 바꾸실 부분이 없으신가요?]

"예."
이미 충분히 마음에 들었다. 흡사 강동원빈이라고 해도 믿을 수준이니까.

[캐릭터 명을 정해주시기 바랍니다.]

"민혁."
이미 본명으로 하려고 생각했던 민혁은 빠르게 캐릭터 명을 정하고 다음 단계로 넘어갔다.

[접속하시겠습니까?]

"예."
그 순간 밝은 빛이 민혁의 눈앞을 휘감았다.

쨍쨍.

새의 지저귐이 들려왔다. 자연스레 민혁의 눈이 천천히 떠졌다. 그의 눈앞에는 레더 아머를 입고 허리춤에 검을 찬 중년 남성이 서 있었다.

"환영한다. 너의 게임 시작지는 아르도이다. 난 너의 기초 수련을 담당할 교관 발렌이라고 한다."

아테네를 시작하는 초보존은 무수히 많이 존재했는데, 그중 하나인 듯 보였다.

'NPC?'

베르사르와는 비교도 안 되는, 정말 현실과 똑같은 NPC의 생김새에 감탄이 나올 정도였다.

그는 절도 있는 자세로 턱 하니 민혁의 앞으로 목검 하나를 건넸고 민혁은 엉겁결에 그걸 받아 들었다.

"지금부터 기초 훈련 퀘스트를 시작하도록 하겠다."

띠링 소리와 함께 민혁의 앞으로 창 하나가 떠올랐다.

[퀘스트: 허수아비 50번 타격]

등급: 튜토리얼

제한: 없음

보상: 보너스 포인트 1, 딱딱한 빵 열 개, 생수 열 병

실패 시 패널티: 없음

설명: 이제 막 아테네를 시작한 당신. 허수아비를 오십 번 타격해 공격하는 방법을 배워라.

"이러한 퀘스트창은 퀘스트라 생각하거나 중얼거리면 오픈할 수 있다."

발렌이 설명했다. 하지만 다 됐고, 민혁의 이목을 끈 것은 딱 하나였다. 그건 바로…….

'빠, 빵……?'

빵, 밀가루, 다이어트의 적.

하지만? 세상에서 가장 맛있는 녀석.

꼬르륵-

벌써 배가 엄청나게 고파왔다. 당장 뭘 먹지 않으면 불안할 정도로.

"헤……. 지금 빵 10개를 미리 주는 건 안 되나요?"

"안 돼."

발렌은 단호했다. 다소 시무룩해진 민혁이었으나 곧 목검을 꽉 쥐었다.

'빵…… 먹고 싶다!'

매일 방울토마토만 5천 개씩 먹어봐라. 빵을 안 먹고 싶은 날이 없다. 민혁은 빵을 향한 의지로 빠르게 허수아비 앞으로 다가갔다. 그러다가 느꼈다.

'모, 몸이 깃털 같아…….'

몸에 주렁주렁 달고 있었던 100kg의 무게 추를 내려놓은 것 같은 기분이었다. 곧이어 목검을 든 그가 힘 있게 내려쳤다.

파핫!

군더더기 없이 깔끔한 동작. 살을 빼기 위해 안 해본 운동이 없었기 때문에 남들과 검을 휘두르는 것 자체가 달랐다.

몸이 다르다. 빨랐고 숨이 차지도 않았다. 그것마저도 민혁에겐 즐거움으로 다가왔다.

"모, 몸이 깃털처럼 가벼워!"

그렇게 외치며 민혁은 쉴 새 없이 목검으로 허수아비를 내려쳤다.

파학!

절도 있고 빠른 동작.

파학!

갈수록 몸에 익숙해지기 시작했다.

"빠, 빠르다……!"

"검도 하는 사람인가 본데?"

주변에서 사람들이 감탄했다. 다른 유저들은 30개를 하면 지쳐서 숨을 헐떡이며 주저앉았다. 그와 다르게 민혁은 계속해서 휘둘렀다.

파학!

하루 네 시간씩 운동을 해왔다. 매일매일 토할 것 같이 힘들었다. 그에게 이 정도는 식은 죽 먹기였다.

파학!

이내 한 번도 멈춤 없이 50개를 채워냈다.

[퀘스트 '허수아비 50번 타격'을 완료했습니다.]
[보너스 포인트 1을 획득합니다.]
[추가 보상은 발렌 교관에게 받을 수 있습니다.]

그리고 발렌이 다가왔다.

"수고했다, 군더더기 없이 깔끔한 솜씨였어, 앞으로가 기대되는군. 아마 보너스 포인트를 획득했다는 알림을 들었을 거다."

민혁은 고개를 끄덕였다.

"스텟창을 생각하거나 말하면 확인할 수 있고 보너스 포인트를 원하는 곳에 올릴 수 있다. 힘을 올리면 물리 공격력이 3 증가하고 들 수 있는 무게가 올라가며 HP가……."

힘을 올리면 물리 공격력 3, HP 1 증가. 민첩을 올리면 물리 방어력 3, 공격 속도 혹은 이동 속도 1 증가. 체력을 올리면 HP 10 증가. 지혜를 올리면 MP 10 증가. 지력을 올리면 마법 공격력이 3 증가한다. 이것을 기본 5대 스텟이라고 부른다. 기초적인 정보 정도는 그도 접속 전에 확인했다.

"스텟창."

그의 앞으로 홀로그램이 떠올랐다.

(민혁)

레벨: 1

직업: 무직

HP: 55 MP: 50

힘: 5 민첩: 5 체력: 5

지혜: 5 지력: 5

포만도: 70%

보너스 포인트: 1

창욱의 말에 따르면 초반엔 힘을 올리는 게 조금 더 유리하다고 하였다.

민혁은 다급하게 힘을 하나 올린 후 스텟창을 껐다.

그 앞에서 발렌이 묵직한 자루를 내밀고 있었기 때문이다. 자루를 열어보자 그 안에는 마른 빵 열 개와 생수 열 병이 들어 있었다.

"수고했다. 이걸 인벤토리에 넣는 것은 '넣는다'와 같이 생각하거나 말하면 된다."

민혁은 그에 세차게 고개를 끄덕였다. 빵을 받은 그는 정말 해맑게 웃고 있었다.

"이런 보상을 받고 좋아하는 녀석은 처음 보는구나."

발렌은 세상 모든 것을 가진 듯한 미소에 신기한 듯 빙긋 웃었다. 그리고 그때.

"악, 무슨 빵이 이따위야!"

민혁의 차례 전에 묵직한 자루를 받은 한 남성 유저가 딱딱한 빵을 씹어보고는 얼굴을 구겼다.

"돌덩이를 구워도 이것보단 맛있겠네."

그렇게 유저는 투덜거렸다.

"쯧, 작은 것에 감사할 줄도 모르고 말이야."

발렌은 혀를 찼다.

좋은 것을 먹고 싶으면 강해져라. 그것은 게임에서도 통용된다. 초보자에겐 딱딱한 빵이면 족한 것 아니겠는가?

그때 감탄사가 들려왔다.

"오."

"음?"

발렌의 고개가 돌아갔다. 그곳에 민혁이 빵 하나의 냄새를 맡으며 감탄하고 있었다.

'얼마 만이냐, 이 향긋한 밀가루 냄새.'

쌀빵? 술빵? 현미빵? 몸에 좋은 빵? 다 됐고 민혁의 기준으로는 밀가루로 만든 빵이 최고였다. 먼저 코로 음미해 본 민혁은 딱딱한 빵을 입안에 집어넣었다.

우직!

정말이었다. 무척이나 딱딱하고 차가웠다. 바게트의 겉 부분만을 씹어 먹는 느낌이라고 할까? 하지만 그걸 입에 넣고 혀로 굴리는 순간, 침과 만나 서서히 부드러워지기 시작한다.

민혁은 첫맛을 음미하고 꿀떡 넘겼다. 그리고 그 감격스러운 맛에 와구와구 먹어치우기 시작했다.

"마, 맛있어……."

정말이었다. 민혁이 채소류의 식사를 하는 이유는 다른 인스턴트 음식 혹은 짠 음식들을 멀리해 그나마 건강하게 찌기 위해서다. 그렇기에 빵을 안 먹은 지 2년 가까이가 지났다.

어찌나 맛이 있던지 그는 걸신들린 듯 와구와구 먹어댔다.

"그, 그게 그렇게도 맛있나?"

"예, 맛있습니다. 너무 맛있습니다!"

민혁은 고개를 세차게 끄덕였다. 눈물까지 핑 돌 정도의 맛이었다. 발렌은 그 모습에 자신도 모르게 픽 웃어 보였다.

'요샌 이딴 거나 준다고 하는 놈들투성인데 말이지.'

뭔가 특이한 청년이라는 생각이 들었다.

"허수아비 50번 타격을 반복하면 딱딱한 빵 열 개와 생수 열 병을 추가로 지급해 준다네. 단, 더 이상 보너스 포인트는 지급하지 않아. 그리고 원한다면 언제든 출구로 나가서 본격적인 사냥 튜토리얼을 시작할 수도 있지."

민혁은 그 말을 듣다가 빵을 더 준다는 이야기에 바로 눈을 빛냈다.

"빵을 그냥 준다는 겁니까?"

"그냥은 아니지, 50번 더 타격해야 한다는 거야."

딱딱한 빵 열 개와 생수 열 병은 이 안에서는 계속 지급된다. 단, 50번 타격한다면. 어찌 보면 무한에 가까운 양을 공짜로 주는 것이지만 이렇게 할 유저는 세상에 아무도 없다. 게임을 하고 싶은 유저라면 맛없는 빵 같은 것이나 물보다 당장 사냥을 하고 싶을 테니까.

　다섯 개째의 딱딱한 빵을 음미했을 때였다.

　[포만도가 100%가 되었습니다.]

　[더 이상 음식을 섭취해도 포만도가 올라가지 않습니다.]

2장
마늘빵과 수프

'좋았어……!'

민혁은 쾌재를 불렀다.

진환은 직접 게임을 해본 후, 라면 100개를 먹어도 된다고 했다. 그의 말에 따르면 포만도가 100%가 된 후에 계속 먹어도 캐릭터는 어떠한 영향도 받지 않는다.

민혁의 폭식 결여증은 정신병이다. 배가 불러도 뇌에서 고프다고 인식하는 것. 캐릭터가 배가 부르다고 느끼는 것과는 확연히 달랐다.

민혁은 발렌이 보는 앞에서 딱딱한 빵 열 개를 게 눈 감추듯 먹어치웠다. 그리고…… 비장하게 걸어갔다. 마치 보스 몹 레이드를 하려는 듯.

'먹는다……. 밀가루…… 빵!'

퍼직!

그가 허수아비를 후려쳤다.

벌써 네 번째. 즉, 200번 타격하기의 끝에 도달했다. 이미 빵 서른두 개를 먹어치운 것이다. 두 개가 추가된 것은 호의를 느낀 발렌이 개인적으로 두 개를 더 줬기 때문이다.

그리고 민혁은 이런 알림을 들었다.

[발렌과의 친밀도가 상승합니다.]

자신은 그저 휘두르고 먹었을 뿐인데, 친밀도가 상승했다고 한다. 희한한 일이다. 그리고 여전히 빵은 맛있었다.

막 네 번째 50개를 채웠을 때였다.

[힘 1을 획득합니다.]

'응?'

고개를 갸웃한 민혁은 곧바로 스텟창을 열어봤다.

(민혁)

레벨: 1

직업: 무직

HP: 57 MP: 50

힘: 7 민첩: 5 체력: 5

지혜: 5 지력: 5

포만도: 100%

보너스 포인트: 0

분명히 힘 스탯이 올라 있었다. 쇠뿔도 단김에 빼라고, 민혁은 교관인 발렌에게 물어보기로 했다.

"교관님."

"오, 또 50번을 채웠군. 자네, 정말 성실하구먼!"

발렌은 그를 무척 마음에 들어 하는 기색이었다.

"자, 여기 이번엔 세 개 더 넣었네."

"감사합니다!"

민혁은 꾸벅 구십 도로 상체를 숙여 보인 후에 본론으로 들어갔다.

"궁금한 게 있습니다. 교관님."

"뭐든 묻게나."

"힘이 1 올랐습니다."

"오호라."

발렌은 알고 있다는 듯한 표정이었다.

"허수아비를 반복 타격해서 특별 보상을 받은 거일세. 하지만 보통은 추천하지 않는 방식이지."

"예? 어째서죠?"

"당장 나가서 몬스터 몇 마리만 잡아도 레벨업을 하고, 1업당 보너스 포인트를 5나 받지, 고작 1포인트 때문에 그럴 사람들은 없다 이거야."

"아하, 역시 교관님은 잘생기신 만큼 아는 것도 많으시군요."

그 말에 발렌은 턱을 쓸었다.

"이 친구, 말도 예쁘게 하는군!"

"하하하!"

[발렌과의 친밀도가 상승합니다.]

또다시 알림이 들렸다. 민혁에게 먹을 것을 준 자. 생명의 은인이요, 고마운 사람이다. 이런 정도의 아부로 빵을 추가로 받을 수 있다면야! 그에겐 먹는 것이 곧 행복이었고 게임을 하는 이유였으니. 그는 그저 먹기 위해서 게임을 하는 것인데, 희한하게 친밀도가 오르고 추가 보상을 받았다.

우적우적, 우적-

민혁은 다시 빵을 먹기 시작했다.

그리고 다 먹은 후엔…….

"빵! 빵! 크레용 빵!"

이상한 노래를 흥얼거리며 허수아비를 향해 움직였다.

아테네의 특별 유저 관리팀의 신입 사원 이민화. 그녀는 자신도 모르게 감탄사를 내뱉고 있었다.

"어떻게 저렇게…… 어후, 그 단단한 걸 저렇게 잡고 늘려? 헛, 저걸 한 번에 다 삼키다니. 그러다 큰일 난다고."

흡사 누군가 본다면 야구 동영상을 본다고 착각할 만한 감탄사였다. 이어서.

꿀꺽-

그녀의 목울대가 움직였다.

"이민화."

"앗, 예. 박 팀장님!"

이민화가 벌떡 몸을 일으켰다. 그녀는 입가에 묻은 침을 느끼고 서둘러 닦았다.

"대체 뭘 보길래, 그런 이상한 소리를 내는 거야?"

"헤…… 그, 그게……."

이민화의 시선을 따라 박민규 팀장의 시선이 모니터로 향했다. 그곳엔 단단한 빵을 찢어서 입에 넣고 있는 한 남성 유저가 있었다.

그것을 보며 박 팀장은 눈살을 찌푸렸다.

"특별 유저를 관찰하라고 있는 부서이지, 먹방하는 유저 보라고 있는 부서가 아닌 걸 알 텐데?"

박민규 팀장은 꽤 깐깐했다.

"트, 특별 유저 맞습니다."

"뭐?"

"허수아비를 200번 이상 타격하면 보상받지 않습니까?"

"그렇지."

"저 유저 200번 이상 타격했어요."

"그래? 흐음…… 아테네 게시판에서 이상한 걸 주워들은 유저인가?"

이미 유저들 사이에 널리 알려져 있는 사실이었다.

허수아비를 때리면 능력치가 오른다. 대신 정말 많이 쳐야 한다. 그리고 갈수록 그 횟수가 더 많아져야 보상을 받는다. 결론은 정말 비효율적이라는 거다.

"근데 저 유저는 더 특별한 거 같아요."

"특별하다? 뭐, 저런 유저 많지 않나."

"그게 아니라, 뭔가 먹으려고 허수아비를 때리는 느낌?"

"……무슨 말도 안 되는. 고작 딱딱한 빵 먹으려고 허수아비를 치는 미친놈이 어딨어?"

"여, 여기 이분이요."

박 팀장은 의아한 표정으로 이민화의 자리에 앉았다. 그리고 유심히 지켜봤다.

그러다가 볼 수 있었다. 힘들게 땀을 흘리고 다시 빵을 받아 행복한 미소를 지으며 먹는 모습을.

꾸울꺽-

박 팀장도 민화처럼 침을 꿀꺽 넘겼다.

"어라? 이거 왜 계속 보게 되지?"

이상한 일이다. 그냥 넋 놓고 보게 된다. 정말 아무 생각 없이.

"그보다 진짜 빵 먹고 싶어서 허수아비 때리네, 이런 유전 또 처음이야."

"그러게요. 참, 그것보다 허수아비 타격 보상 이틀 안에 스무 번 넘게 받으면 특별한 보상 받지 않나요?"

"그렇지. 칭호. 근데 설마 빵 먹으려고 20번 보상을 받을까? 그럼 휘두르는 것만 해도 자그마치 천 번인데."

"그, 그렇죠?"

그렇게 말한 박 팀장은 넥타이를 느슨하게 풀었다. 그리고 민화의 자리에서 일어나지 않은 채 편안한 자세로 등을 기대며 말했다.

"민화 씨."

"예, 팀장님."

"우리 빵 먹을까?"

사 오라는 말이다.

푸슈육!

캡슐이 열리며 민혁이 나왔다. 민혁은 나오자마자 미칠 듯한 허기를 느꼈다. 네 시간 간격으로 한 번씩 게임을 종료해서 30분 동안 상태를 파악하고 현실 속 육체도 음식을 먹어줘야만 했다.

그 앞에서 민혁을 기다리고 있던 사람들이 이목을 집중하고 있었다.

"어, 어땠어?"

"가서 뭣 좀 먹었니?"

"네……."

민혁은 시무룩하게 고개를 끄덕거렸다. 그러면서도 자신에게 약을 처방하듯 방울토마토가 든 밀폐 용기를 건네는 것을 받아 들었다.

"근데 왜 그렇게 시무룩해?"

"지금은 못 먹고 있어서요."

그렇게 말하면서 우적우적 방울토마토를 입에 구겨 넣었다. 그리고 이내 씨이익- 하고 웃었다.

"너무 맛있어요……."

"뭐 먹었는데?"

오창욱 트레이너가 물었다.

"딱딱한 빵이요."

그 말에 이 자리에 있는 이들 중 아테네라는 게임을 해본 이

들이 얼굴을 구겼다. 딱딱한 빵은 정말이지 맛없고 푸석푸석한 음식이었다. 정말 돈 없고 가난한 초보자들이 포만감만 올리려고 꾸역꾸역 먹는 그런 빵 말이다. 그게 맛있었다니.

"30분 휴식 후에 다시 들어가도 되죠?"

민혁이 이진환을 보며 물었다.

"그래."

첫 접속, 그리고 로그아웃. 현재까지 문제는 없어 보였다. 당장 변화가 조금 있다면…….

"빨리 들어가서 딱딱한 빵 먹어야지~"

민혁의 얼굴에 웃음이 한가득이라는 거였다.

진환은 그 모습에 쓴웃음을 지었다.

'이렇게까지 웃는 걸 본 적이 있던가.'

그가 이제까지 지었던 웃음 대부분은 절망적인 상황에서 괜찮은 척하고 싶은 마음에 웃는 것이었다. 하지만 지금 그의 웃음은 진심이었다.

'민혁 군에겐 먹는 게 어떤 것보다 재밌고 행복할 테니까.'

진환은 고개를 주억였다.

"참, 민혁이 너 이제 사냥 튜토리얼 끝내고 초보존으로 진입했지?"

"아뇨. 아직 허수아비 타격하고 있는데요?"

"뭐어?"

오창욱은 눈을 동그랗게 떴다. 허수아비 타격은 1시간 내로 끝낼 수 있는 지점이었기 때문이다.

민혁은 지금까지 있었던 일에 대해서 말해줬다.

"······그래?"

참으로 이상한 게임 방식이었다. 빵이 더 먹고 싶어서 계속해서 허수아비를 타격하고 있다? 준랭커에 올라 있는 창욱으로서는 이해할 수 없었다. 게임이란 자고로 레벨업 하고 템을 얻고 스킬도 써야 제맛 아니던가?

"그럼 초보존 나오는데 시간 좀 걸리겠네."

"그렇습니다. 제네럴 경."

"······야이씨."

오창욱이 미간을 찌푸렸다.

민혁은 방울토마토와 추가로 가져온 샐러드를 와구와구 빠르게 먹어치웠다. 그리고 한 손으로 휴대폰을 들었다.

그는 먼저 휴대폰으로 아테네 공식 홈페이지에 접속했다. 그다음 '아르도 먹을 것'이라고 검색했다. 참으로 희한한 검색법이었다.

민혁은 그 어떤 때보다 날카로운 눈으로 내용을 확인했다.

[님들, 아르도에 있는 소나무 뜯어 먹어봤음? 졸맛탱.]

-내똥칼라: 이분 또 이러시네······. 저번엔 잡초 주워 먹고 캐릭터 사망했다더닠ㅋㅋㅋㅋㅋㅋ

-원더보이: 관종ㅋㅋㅋㅋ, 레시피 추천해 드림, 말똥이랑 밥이랑 비벼

먹으면 개 꿀. 해보셈 ㅋㅎ

　-콩이아빠: 원더 님, 저분 진짜로 할지도 몰라요…….

　세상은 넓고 이상한 사람은 많다. 게임은 더 그런 듯싶었다. 이어 민혁은 계속 마우스 휠을 내렸다.

　그러던 중 그의 손이 한 곳에서 멈췄다.

　'이, 이것은……!'

　그의 눈이 크게 떠졌다. 그는 글 내용을 확인해 보곤 온몸을 부들부들 떨었다.

　"야, 너 왜 그래……!"

　"미, 민혁 군! 설마 4시간 동안 음식을 섭취하지 못한 것에 대한 금단 현상인가!"

　주변이 소란스러워졌다. 하지만 곧 민혁은 웃으면서 고개를 저었다.

　"그, 그게 아니에요……."

　"……그럼?"

　"허수아비 타격 끝내고 출구로 나가면 닭이 나온대요!"

　"아, 닭? 그거 잡기 엄청 쉬워. 그냥 몇 대 때리면 죽어. 말 그대로 진짜 몬스터 사냥 전에 연습해 보는 느낌?"

　그런 건 중요하지 않았다. 닭. 어떤 존재이던가.

　"닭은 볶아 먹어도 맛있고 튀겨 먹어도 맛있고, 끓여 먹어도 맛있죠!"

"아……."

모두가 동시에 감탄사를 터뜨렸다. 이해한 것이다.

하지만 순간 민혁은 고뇌에 빠졌다.

'하지만 난 아직…….'

빵이 더 먹고 싶다. 아직 더 많은 빵을 먹고 싶었다.

그는 갈등했고, 곧 결단했다.

'아직 빵이 더 먹고 싶어.'

닭은 이른 시일 내에 먹을 수 있다. 반면에 빵은 몇 년 만에 먹어보는 지 모르겠다.

민혁은 하나를 하면 집요하게 하는 성격이었다. 수능 전국 1위에, 모든 분야에서 최고의 성적을 거둘 정도로 끝까지 파고드는 성격. 그는 결국 빵을 선택했다.

'그래, 냉면도 계란은 마지막이지.'

민혁은 냉면을 먹을 때도 계란을 마지막에 먹는 사람이었다. 즉, 맛있는 건 나중에 먹는 타입!

그리고 걸리는 게 또 하나 있었다. 도구가 없다는 거다.

'당장 닭을 잡아서 산채로 뜯어 먹을 수도 없는 거고.'

그 방법을 곰곰이 생각하던 민혁은 기발한 아이디어를 떠올렸다. 그리고 때마침 그 NPC의 이름이 보였다. 민혁의 검색에 따라 연관 검색어로 떠오른 내용이었는데, '아르도 교관 발렌'이라고 쓰여 있었다. 클릭해서 들어가자 유저들의 불만의 목소리가 가득하였다.

민혁은 하나를 클릭해서 읽어봤다.

[아르도 허수아비 교관 발렌 겁나 불친절함…… ㄷㄷ 오십 번 힘겹게 치고 빵이랑 생수 내놓으라고 하니까, 겁나 아니꼽게 던져줌…… 내가 왜 던지냐니까, 뭣 같은 놈한텐 뭣 같이한다고 함. 유저가 왕 아님? 이딴 것도 NPC라고.]

   -킹뚜맨: ……? 그건 그냥 님 인성 문제. 일상생활 가능하심? NPC도 사람하고 똑같음. 님처럼 내놓으라고 하면 누가 친절해짐?

   -세일러봉: 발렌 교관 불친절한 거로 유명하긴 한데, 나였으면 손님이고 뭐고 '매너가 사람을 만든다.' 하고 뚜까 팸ㅋㅋ, 출발지로 나간 걸 다행으로 여기셈.

   -내솨랑바퀴벌레: 발렌 교관 확실히 띠거운 건 맞음…… 근데 사람이라 생각하고 매일같이 초보자들 와서 반말하고 하면 나 같아도 짜증나긴 할 듯…….

'음?'

댓글들이 이해되지 않았다. 발렌 교관은 민혁에겐 한없이 친절한 사람이었다. 민혁이 한 일이라곤 아버지에게 배운 대로 그가 준 호의에 맞게 자신도 꾸벅꾸벅 답했을 뿐이다. 남이 베풀면 권리로 받아들이지 마라, 약한 자를 무시하지 마라, 같은 기본적인 가르침대로. 사실 가정 교육을 잘 받은 덕임을 민혁은 몰랐다.

한참 발렌에 대해 확인해 보던 민혁은 아테네 공식 홈페이지를 종료하고 새로운 사이트로 들어갔다. 세상의 모든 정보가 있는 '네이바'였다. 그리고 네이바에 '딱딱한 빵 레시피'를 검색했다. 빵을 더 맛있게 먹고 싶어진 것이다.

사실 민혁은 요리를 잘하지 못했다. 시도를 해보지 않은 건 아니다. 하지만 만드는 동안 재료를 모두 먹어치웠다. 그것 때문에 한동안 살이 더 쪘었다. 하지만 게임 속에선? 가능할 것이다.

"저 또 들어갈게요."

"닭 먹는 각이냐?"

"노놉, 아직은 빵 먹을 거예요."

"왜?"

"고진감래. 고생 끝에 맛있는 걸 먹는 법."

그 말을 끝으로 민혁은 캡슐로 슉 들어가 버렸다.

"이해할 수가 없네. 나 같으면 바로 닭 먹겠다."

"하하, 난 충분히 민혁 군 마음이 이해가 되는데?"

진환이 웃었다.

"선생님도요?"

"그냥 그런 것 있지 않나. 돈 주고 뷔페 가서 여러 가지를 먹고 싶어 하는 사람과 차라리 퀄리티를 높여서 한 가지 음식에 집중하고 싶은 사람. 민혁 군은 후자 아닐까?"

"아……."

"거의 몇 년 만에 먹어보는 빵일 거야, 정말 미치도록, 질리도록 먹어보고 싶겠지."

그렇게 말한 진환은 몸을 일으키며 말했다.

"이해했나, 제네럴 경?"

"아…… 아…… 악……! 강민혁 진짜!"

오늘 밤 이불 킥을 할 것 같은 오창욱이다.

다시 게임에 접속한 민혁은 익숙한 풍경을 볼 수 있었다. 유저들은 허수아비를 타격하고 있었고 발렌은 그 모습을 지켜보고 있다. 근엄한 표정으로 양 팔짱을 끼고 유저들을 지켜보던 발렌은 민혁을 발견하곤 순식간에 표정이 변했다.

"오. 자네 왔는가."

"예, 교관님!"

민혁은 목검을 꾹 쥐며 당차게 대답했다.

"앞으로도 열심히 휘두르고! 열심히 먹어야 하지 않겠나? 하하하!"

발렌이 사람 좋게 웃어 보였다.

'이런 사람이 성격이 안 좋다고?'

고개를 갸웃한 민혁.

그는 다시 허수아비에게 다가갔다. 벌써 그는 힘 스텟을 두 번 올렸다. 그리고 총 열한 번 보상을 받았다. 민혁은 여느 때처럼 빵을 받기 위해 목검을 힘껏 휘둘렀다.

퍄직!

그렇게 집중하고 있던 때였다.

"다 했어. 내보내 줘."

한 유저의 목소리와 함께 턱, 하고 뭔가를 던지는 소리가 들렸다. 아마도 자루일 것이다.

"알았다, 꺼져라."

"반말한 거야, 지금? NPC 따위가?"

세상은 참 이상한 사람 천지다. 현실 속 불만을 NPC들에게 풀려고 하는 사람이 생각보다 많다. 자신들이 받았던 무시를 남에게 푼다니. 이것만큼 웃기고 졸렬한 일도 없을 거다.

"먼저 반말해서 나도 반말했다. 문제 있나?"

"뭐, 이런 개같······."

"아가리 닥치고 꺼져."

목소리가 소름 끼치도록 차가웠다. 살기마저 느껴지는 음성에 유저는 마른 침을 꿀꺽 삼켰다.

"다, 다음엔 가만 안 둬. 조심해."

발렌은 콧방귀를 홍하고 꼈다.

그 소리를 들으며 민혁은 생각했다.

'이런 걸 사이다라고 하지?'

말 한번 시원하게 해주시는 교관님이다.

민혁은 또다시 50번을 휘두르고 보상으로 받은 빵을 먹었다. 그리고 그것을 계속 반복했다. 그렇게 반복하던 민혁은 해가 지는 걸 볼 수 있었다.

아테네의 시간은 현실보다 세 배 빠르게 흐른다. 현실 시간으로 하루를 플레이하면 게임 속에서 삼 일을 지낸 것이라고 할 수 있었다. 민혁은 계속해서 반복했고, 하루가 더 흘렀을 때 또 한 번 힘을 획득했다는 알림과 함께 이상한 것을 발견할 수 있었다.

포만도: 100%/2

"응?"

포만도 옆으로 '/2'라는 문구가 생겨나 있었다. 민혁은 곧바로 발렌에게 물었다.

"교관님, 포만도 100% 바로 옆에 작대기 하나에 2라는 숫자가 생겼는데, 이건 뭔가요?"

"음…… . 미안하지만 그건 나도 잘 모르겠군."

"아…… 그렇군요. 알겠습니다, 감사합니다. 교관님!"

"그래."

민혁은 뭐 NPC가 이런 것도 모르냐가 아니라 그럴 수도 있다고 생각했다. 모든 NPC가 아테네의 모든 걸 알 리는 없고 실제로 그게 이 게임의 장점이기도 했다.

민혁은 그 자리에 앉아서 빵을 먹으며 또다시 아테네 공식 홈페이지에서 정보를 확인했다. 아테네 공식 홈페이지는 게임

안에서도 확인 가능했다. 민혁은 즉시 포만도라고 검색해 봤다. 그리고 얼마 지나지 않아 원하는 정보를 찾을 수 있었다.

[포만도 옆에 /1이라는 숫자가 생겼는데, 이거 뭔지 아시는 분 계신가요?]

-뽀로로검: 1시간 뒤에 캐릭터 삭제된다는 말 ㅇㅇ

-주작이여: 그건 뭐대요?

-밥만잘먹음: 저 그거 알아요. 포만도가 100%가 되었을 때 계속 먹을 시 올라가는 수치입니다. 이거 /1 만드는 것도 어지간히 쉬운 건 아닌데, 정말 열심히 드셨나 보네요. 님 손 한 번 찍어서 인증 ㄱ

"아……."

포만도 100%. 그 상태에서 계속 먹어 일정 수치를 넘어가면 숫자가 올라간다. 스텟이 올랐을 때를 제하고 스텟창을 열어 보지 않았는데, 그동안 '/2'가 되었나 보다. 민혁은 그에 대한 정보를 계속 검색한 끝에 결론을 내렸다.

'큰 뜻은 없나 보네.'

검색 결과, 최고로 올린 유저는 한 '/5' 정도 된단다. 아무 이상 없었다고 하니, 대수롭지 않게 생각한 민혁은 계속해서 검을 휘둘렀다.

그리고 다시 한번 보상을 타는 순간이었다.

[허수아비 1천 번 타격에 성공하셨습니다.]

[이 구역의 독한 놈 칭호를 획득합니다.]
[명성 1을 획득합니다.]

"교, 교관님!"

민혁은 바로 발렌을 불렀다.

"무슨 일인가?"

"이, 이 구역의 독한 놈 칭호라는 걸 얻었어요."

"추, 축하하네!"

발렌은 본인의 일처럼 뛸 듯이 기뻐했다.

"칭호는 남들과 다른 업적을 달성했을 때, 특별한 것을 해냈을 때 등 다양하게 얻을 수 있지. 다중 칭호와 유일 칭호. 이 두 개로 크게 나눌 수 있다네."

민혁은 그의 말을 하나도 놓치지 않기 위해 귀를 기울였다.

"다중 칭호는 어떤 유저든지 모두 얻을 수 있는 칭호를 뜻하네, 그리고 유일 칭호는 가장 먼저 특별한 것에 도달한 유저만 얻을 수 있는 칭호지. 당연히 후자의 보상이 좋은 편이고. 이 구역의 독한 놈 칭호는 다중 칭호란 걸세."

발렌은 흐뭇한 미소를 지으며 말해줬다.

"칭호 역시 생각하거나 중얼거리면 확인 가능하네."

민혁은 곧바로 칭호를 열람했다.

(이 구역의 독한 놈)

다중 칭호

칭호 효과:

• 5대 스텟+5

"오······."

민혁은 작은 감탄사를 흘렸다. 그리고 스텟창을 열어 확인해 봤다.

HP: 114 MP: 100

힘: 9+5 민첩: 5+5 체력: 5+5

지혜: 5+5 지력: 5+5 명성: 1

포만도: 100%/2

레벨업 한 번에 보너스 포인트 5를 얻는다. 지금 민혁은 레벨을 다섯 번 올린 만큼의 스텟을 거저 얻은 셈이다.

'그저 먹기 위해 휘둘렀을 뿐인데!'

"참, 명성이란 녀석도 올랐을 걸세. 명성이 높으면 지킴이들과의 친밀도가 조금 상승하며 물건을 거래할 때 더 싸게 사거나 비싸게 파는 것도 가능해지지. 그리고 명성이 일정 수치에 도달하면 마법 방어력도 1 증가하고."

"마법 방어력은 뭔가요?"

"말 그대로지, 마법을 막아내는 방어력. 아직은 딱히 필요하지 않은 힘이야. 그리고 표기되지 않는 스텟은 얻을 때마다 표기된다는 거 알지?"

"아, 물론입니다. 감사합니다."

민혁은 흐뭇한 표정으로 다시 빵을 먹고 허수아비를 가격했다.

'칭호를 획득해서 스텟이 상승하니 확실히 몸이 달라졌어.'

"와……."

"거, 겁나 세다!"

주위에서 지켜보던 유저들이 감탄을 흘렸다.

그럴 수밖에 없는 것이 1시간만 있는 지점에서 이제 막 시작해 모두 똑같은 스텟을 가진 유저들이다. 그런 그들 틈에서 혼자 두 배의 속도, 파워를 보니 놀랄 수밖에.

그런 모습을 발렌은 여전히 흐뭇하게 아빠 미소(?)를 지으며 지켜봤다.

밤이 되어간다. 발렌은 또 한 번 시비를 걸어오는 유저에게 강력한 한 방을 먹여주고 돌려보냈다.

'후우…… 피곤하구나.'

매일 같이 반복되는 일상이었다. 그의 하루는 항상 다르지 않았다. 12시간 근무한 후에 야간 근무자와 교대한다.

'곧 교대 시간인데…….'

때마침 야간 근무자가 왔다.

"발렌 교관, 수고했네. 이만 들어가서 쉬지."

"고생하시게."

몸을 돌리려던 발렌은 아직도 열심히 빵을 먹는 민혁을 보았다.

'내일도…… 이곳에 있었으면 좋겠군.'

요 이틀간 정말 즐거웠다. 빵 하나에 행복해하고 싹싹하게 구는 민혁은 보기만 해도 웃음이 나는 청년이었다.

그런 생각을 하며 몸을 돌리려던 때.

"교관님."

목검을 멈춘 민혁이 후다닥 그에게 다가왔다.

"응?"

"헤헤, 일 끝나고 돌아가시는 겁니까?"

"그렇지."

"혹시 식사는 하셨나요?"

"아직. 집에 가서 먹어야지."

당연히 안 했겠지. 민혁은 알고 물어본 거다.

"그럼 호옥시……."

"……괜찮으니 말해보게."

"제가 교관님께 맛있는 저녁을 해드리고 싶은데요!"

"음? 맛있는 저녁?"

그 말에 발렌은 몸을 멈췄다. 한 번도 이런 제안을 한 유저는 없었으니까. 그리고 집에 누군가를 들인 적도 없었다.

"네에!"

그리고 민혁은 속으로 이런 꿍꿍이를 가지고 있었다.

'도구를 당장 구할 방법이 없으니, 딱딱한 빵으로 더 맛있는 요리를 해 먹을 방법은 교관님의 도구를 빌리는 것뿐이야! 그리고 더 친해지면 이곳을 벗어나서도 빌려 쓸 수 있을지 몰라.'

물론 공짜는 아니었다. 밥을 차려준다고 했으니.

"그래 주겠나?"

발렌은 괜스레 웃음이 났다. 그러면서 슬쩍 말했다.

"자네."

"넵!"

"더 맛있게 먹고 싶어서 그러는 거지?"

뜨끔!

"아, 아닙니다. 교관님께 맛있는 한 끼를 대접하고 싶은 마음 뿐입니다!"

"하하하, 자네. 강에 던져놓으면 입만 동동 뜨겠군. 가지."

두 사람이 걸음을 옮겼다.

발렌의 집은 매우 가까웠다. 허수아비 타격지의 출구 반대 쪽으로 가자 아주 작고 허름한 오두막집이 나타났다.

겉은 허름해 보였지만 그래도 있을 것은 다 있었다. 오븐이나 혹은 냄비, 불을 피울 수 있는 것들과 같은.

"아늑한데요?"

"아늑하긴. 홀아비 냄새 안 나면 다행이지."

발렌은 쓴웃음을 지으며 부엌을 돌아보는 민혁의 뒷모습을 보았다.

'이곳에 사람이 들어왔던 적이 있던가?'

고된 하루 일을 끝마치고 집으로 돌아와 샤워를 하고 책을 보다가 잠이 든다. 그리고 또다시 일어나서 출근하고 퇴근한다. 매일매일이 똑같았다. 그는 항상 '혼자'였다.

이곳 허수아비 타격지 NPC라곤 야간 근무자와 낮 근무자 두 명밖에 없었다. 물론 유저 중에서 친한 척하는 이들도 있었다. 혹시나 하는 보상을 노린 것이리라. 하지만 그런 이들 중에서도 집에 오고 싶다고 했던 이는 없었다.

'맛있는 걸 먹으려고 하는 거면 뭐 어때.'

발렌은 민혁이 마음에 들었다. 오랜만의 온기가 좋았다.

"음? 재료가 이것밖에 없나요?"

민혁은 재료들을 훑어보고 미간을 찌푸렸다. 풍부한 재료를 떠올렸지만 발렌의 집에 있는 재료는 한없이 초라했다.

"우리 아테네의 지킴이들한테는 매일 똑같은 음식이 지급되지. 마을로 가서 사 오면 되긴 하지만 굳이 그럴 필요도 없고."

혼자 먹는 건 편한 게 좋으니까. 그는 쓴웃음을 지었다.

아테네의 지킴이들은 NPC들을 뜻하는 말이다. 민혁은 그 말에 눈을 휘둥그레 떴다. 민혁이 먹은 딱딱한 빵, 그리고 수프를 만들 수 있는 재료. 이런 게 다였다.

'하긴…… 이게 아무리 퀄리티 높아도 게임은 게임이니까.'

NPC에게 매일 식사를 바꿔가며 다채롭게 주는 것도 이상하다. 민혁은 소매를 걷어붙였다.

"제가 정말 맛있는 한 끼를 만들어 드리겠습니다."

"기대하겠네."

그러면서 민혁은 헤헤 웃었다.

"근데 여기 빵 많은데, 이것 좀 먹으면서 만들어도 되나요?"

딱딱한 빵은 산이라고 해도 될 정도로 가득 쌓여 있었다.

"마음껏."

발렌은 빙긋 웃었다.

민혁은 재료를 펼쳐놨다. 딱딱한 빵으로 만들 수 있는 요리의 레시피는 머릿속에 주입해 뒀다. 요리는 레시피가 반이라는 이야기를 기억해 낸 민혁은 이 재료들을 가지고 자신이 할 수 있을 것 같은 요리를 떠올려 봤다.

그리고 이어.

'아…… 그게 있었구나……!'

딱딱한 빵, 마늘, 버터, 꿀, 연유, 파슬리 가루만 있으면 되는 요리가 있었다.

바로 마늘빵이다.

"난 씻고 오겠네."

"넵!"

"뭐, 걱정할 건 없겠지?"

"물론입니다."

발렌은 피식 웃으며 화장실로 들어갔다.

"와구."

시작 전에 민혁은 입에 빵 하나를 물고 우물거리면서 시작했다.

먼저 브레드 나이프를 이용해 빵을 먹기 좋게 잘라준다. 그 다음 세팅해 놓은 마늘, 버터, 꿀, 연유를 볼에 담고 휘휘 저으며 잘 섞어준다. 브레드 나이프를 이용해 잘린 빵의 앞뒤에 만들어낸 소스를 골고루 잘 발라주고 파슬리 가루를 솔솔 뿌린다. 그러면 모든 준비가 끝난다.

마늘빵은 많은 사람이 좋아한다. 어린아이들이나 어른들도 말이다. 입에 넣으면 마늘의 짭조름한 맛과 단맛이 함께 어우러지는 게 일품인 음식이다. 오븐 팬이 컸기 때문에 준비한 것을 올리니 꽤 많은 양의 마늘빵이 들어갔다. 타이머를 설정하자 오븐이 작동하기 시작한다.

붉은빛을 내며 구워지기 시작하는 마늘빵을 보는 것. 그리고 '띵!' 오븐 소리를 기다리는 것은 언제나 즐거운 일이다. 내가 한 요리의 맛은 어떨까 하는 생각을 하며 민혁은 우물우물 빵을 먹었다.

'자, 이젠 수프를 준비해 보자.'

발렌의 집에는 분말형 크림수프가 있었다. 창욱의 말에 따르면 군대에서 군대리아 먹으면서 징그럽게 먹었다나, 뭐라나. 하지만 분말수프임에도 민혁은 침을 꿀꺽 삼켰다.

돈까스 집에 가면 가끔 이런 크림수프가 나온다. 싼 맛에 먹는 음식이지만 이것도 오랜만에 떠올려 보면 참으로 군침이 돈다. 조금 짭짤하면서도 부드럽고 걸쭉한 맛을 상상한 민혁은 입에 침이 고이는 것을 느꼈다.

민혁은 빠르게 조리를 시작했다. 먼저 물을 조리 방법대로 받은 후에 티디딕 가스를 켠다. 그다음 천천히 가루를 부으면서 휘휘 저으며 끓이면 된다. 이때 간을 조금 맞추기 위해 소금을 한 꼬집 솔솔 뿌려주면 더욱더 맛있어진다.

그렇게 수프를 끓이고 있을 때 씻고 나오던 발렌이 감탄했다.

"호오, 맛있는 냄새가 나는데?"

그렇게 주방 쪽으로 오던 발렌이 멈칫했다.

"자, 자네. 뭐하나?"

"수프 끓입니다!"

"……거기에?"

"옙!"

당당한 민혁의 대답.

그렇다. 민혁은 자그마치 열 봉지의 분말수프를 물에 부으면서 끓이고 있었다! 그 냄비는 자그마치 50인분은 족히 끓일 수 있을 정도로 커다랬다.

"……음."

발렌의 얕은 신음이 지나갔다.

발렌은 눈을 끔뻑거렸다.

그 앞으로 정말 해맑은 미소를 지으며 한 손에는 포크를, 한 손에는 수저를 들고 기대감에 부풀어 있는 민혁이 있었기 때문이다. 그리고 식탁에는 약 팔십 개는 되어 보이는 마늘빵이 산처럼 쌓여 있었다.

'음……'

발렌은 자신의 평범한 접시에 담긴 수프를 바라봤다. 반대로 민혁은 아예 테이블 밑에 냄비를 내려놓고 작은 냄비에 수프를 한가득 떠서 퍼놨다.

'이 달콤하면서도 부드러운 냄새.'

크림수프의 향내가 민혁의 코끝을 자극한다. 그러자 입안에 침이 고인다.

"마음껏 드세요. 제가 교관님을 존경하는 마음만큼이나 많이 했습니다!"

민혁은 아부도 잊지 않았다.

발렌은 천천히 수저를 들었다. 그리고 크림수프를 한 입 떠서 맛보았다. 그와 동시에.

와사삭!

경쾌한 소리가 퍼졌다.

발렌이 앞을 보자 민혁이 마늘빵을 크게 한 입 베어 물고 있었다. 막 했기 때문에 마늘빵이 부드러우면서도 따뜻했다. 이 달콤하면서도 혀 안에 감도는 짭조름함.

끝이 아니다. 수프를 크게 떠서 입에 넣자 부드러운 수프가 입안에 들어와 다소 퍽퍽한 마늘빵을 부드럽게 녹인다.

혀가 즐겁다. 마늘빵을 먹을 때 나는 와사삭 소리 또한 경쾌하다. 민혁의 표정에 행복이 떠올랐다. 그리고.

"흐……."

발렌은 이마에 손을 짚었다.

"하하하하하하!"

그리고 웃어버렸다.

"와구?"

빵과 수프를 양껏 취하던 민혁은 의아한 표정으로 그를 보았다. 발렌은 배까지 움켜쥐고 웃고 있었다.

"자넨 먹는 것이 세상의 모든 행복 같구만! 정말이지 즐거워 보여."

민혁은 그 말에 고개를 세차게 끄덕였다.

"세상에 먹는 것만큼 행복한 건 없죠!"

때론 비싼 차, 좋은 집, 매력적인 이성보다도 먹는 게 가장 즐거울 때가 있다. 바로 오늘의 발렌과 민혁처럼.

"나도 오늘은 정말이지 맛있네."

발렌은 픽 웃었다. 그러고는 쓴웃음을 지었다.

"매일 내 일상은 똑같거든, 출근했다가 퇴근을 하면 항상 공허함만이 있네. 아무도 없는 텅 빈 집에 들어올 때만큼 쓸쓸할 때가 없지."

민혁은 먹으면서도 눈을 맞추며 그의 말을 경청했다. 그게 버릇없어 보일 법했지만 발렌은 그가 좋았다.

"처음이었어. 누군가 내게 이렇게 같이 밥을 먹자고 한 것은. 그 의도가 어떻든 간에."

그는 멍하니 허공을 응시했다.

"난 쭉 혼자였거든. 이 집에선 안 날 줄 알았어, 누군가 음식을 만들어주는 소리. 누군가……."

그는 피식 웃었다.

"함께 식사를 해주는 거."

"……."

민혁은 잠시 먹던 것을 멈췄다. 누군가에게는 단순한 한 끼가 누군가에겐 감명 깊은 한 끼가 될 수 있었다.

"내겐 이 음식이 앞으로도 영원히 기억될 것 같군."

그 말이 민혁에게 참 와 닿았다.

사람은 누구나 기억에 남는 음식이 존재한다. 누군가는 군대에서 먹었던 초코파이일 것이다. 누군가는 정말 배가 고플 때 먹었던 라면일 것이고 또 누군가는 돌아가신 어머니가 생일에 끓여주신 미역국이리라.

다른 사람의 기억 속에 음식과 함께 남는다는 것. 그것은 매우 훌륭한 일이지 않을까?

"맛있으시다니, 다행입니다."

"먹지, 이토록 맛있는 걸 앞에 두고 식게 둘 수 있는가!"

"맞습니다, 교관님!"

그리고 민혁은 다시 행복한 표정으로 먹기 시작했다. 그리고 발렌도 그를 바라보다 식사를 재개했다. 민혁도 발렌도 즐거운 저녁 식사였다.

앉은 자리에서 만들어놓은 마늘빵과 수프를 모두 먹어치우는 민혁의 모습에 발렌은 혀를 내두를 수밖에 없었다.

그러고도 만족하지 못한 민혁은 의자에 앉아 발렌의 집에 남아 있던 딱딱한 빵을 더 얻어먹고 있었다.

'혹시 포만도 옆의 숫자가 또 변했으려나?'

어떠한 규칙인지 정확히는 알지 못한다. 단지, 포만도 100%에서 계속 먹을수록 올라간다는 것만 알 뿐. 그 수치가 몇으로 변했을지 궁금해진 민혁은 스텟창을 확인했다.

"스텟창."

HP: 114 MP: 100

힘: 9+5 민첩: 5+5 체력: 5+5

지혜: 5+5 지력: 5+5 명성: 1

포만도: 100%/3

'3이 됐네?'

본래 2였으니, 그새 1이 추가로 더 오른 셈이었다.

'설마 진짜 부작용 있는 건 아니겠지?'

이 아테네의 시스템은 모두가 알고 있는 게 아니다. 숨겨져 있는 무언가가 있었고 그것들을 찾아낼 때마다 재미가 하나씩 추가되는 것이라 할 수 있다.

민혁은 괜히 불안해졌다. 그렇지만 먹는 걸 멈추지는 않을 거다.

폭식 결여증 환자들은 하루 평균 2만 칼로리를 섭취한다. 이것마저도 조절해서 2만이지 마음 놓고 먹으면 5만까지도 먹는 게 그들이다. 아마 어제오늘도 그 정돈 먹었으리라.

그런 민혁을 보던 발렌이 고개를 주억거리며 자신의 방으로 들어갔다가 나왔다. 나온 그의 손에는 꽤 손질이 잘 된 검 한 자루가 들려 있었다.

"자네."

그의 목소리는 부드러웠다. 민혁의 고개가 돌아가자 발렌이 작은 미소를 지으며 민혁에게 검을 내밀었다.

이민화 신입 사원은 모니터에 뜬 화면을 보고 깜짝 놀랄 수밖에 없었다.

"꺅!"

[아르도의 발렌이 민혁 유저에게 발란의 검을 선물합니다.]

이 알림은 특별 유저를 지정해 놓고 그들이 특별한 것을 받았거나 도달했을 때 등, 다양한 범위 내에서 울린다.

민혁은 어제 바로 특별 유저 등급 5가 되어 감시에 들어갔다. 다중 칭호인 이 구역의 독한 놈을 얻어낸 유저였기 때문이다.

"뭐야, 무슨 짓을 했길래, 발렌이 유저한테 지 무기를 선물해?"

이민화의 작은 비명을 들은 박 팀장이 서둘러 다가왔다.

"발렌 교관이 까탈스럽기로 얼마나 유명한데!"

"그, 그걸 왜 저한테 그러세요."

민화가 박 팀장은 흥분한 기색이 역력한 얼굴을 보고 울먹이며 말했다.

"발란의 검이면 초보자가 가지기엔 너무 과분한데."

한숨을 쉬던 박팀장이 다시 피식 웃었다.

"여긴 NPC들이 너무 사람 같아서 우리도 예측 못 할 행동을 해서 재밌다니까. 이 유저 희한하게 재밌네. 계속 잘 주시하고 보고하도록."

"아 참, 보고드릴 거 있어요."

이민화는 뭔가 생각난 듯 말했다. 걸음을 옮겨 다른 사원들을 살피려던 박 팀장이 멈칫했다.

"뭔데?"

그새 또 보고를 올릴 또 다른 행동을 했단 말인가?

"민혁 유저의 포만도가 3이 되었습니다."

"……1 아니고?"

"분명히 3입니다."

"아테네 시간으로 접속한 지 며칠 됐지?"

"3일입니다."

"……온종일 먹기라도 한 거야? 아니, 그게 말이 돼? 사람이라면 그렇게 할 수가 없……."

"종일 먹던데요."

박 팀장은 붕어가 된 듯 입을 뻐끔거렸다.

"먹방BJ 빈쯔도 1에선 오르질 않았는데?"

먹방BJ 빈쯔. 요새 떠오르는 잘 먹는 남성이다. 그는 한 끼에 짜장면 열 그릇 먹기, 짬뽕 열 그릇 뚝딱 하기 등을 가뿐히 해낸다. 박 팀장이 생각하기에 이 정도라면…….

"거의 하루에 4~5만 칼로리를 먹었다는 건데? 그게 사람이야?"

포만도 100%에서 숫자가 붙는 것. '/1'이 되기 위해선 1만 칼로리만 채워도 가능하다. 하지만 그 후로는 하루에 4~5만 칼로리씩을 먹어야 했다. 포만도 100% 상태에서 말이다. 밥공기의 숫자로 따지면 하루에 자그마치 120~150공기이다.

"저 유저 진짜 종일 먹기만 하나?"

"안 자고 먹던데요."

"미친…… 하루에 4~5만 칼로리를 먹는다고? 포만도가 100%가 되면 캐릭터 자체도 배가 부른 게 느껴질 텐데?"

박 팀장은 꽤 심각한 표정이었다. 이어 그 표정을 읽은 이민화가 말했다.

"7이 되면 신 클래스에 도전할 수 있지 않나요?"

"그렇지……."

그는 고개를 주억거렸다.

신 클래스. 아테네 유저들이 가지는 직업 등급 중 하나다.

직업 등급은 일반 클래스, 히든 클래스, 시크릿 클래스, 전설 클래스, 신 클래스가 있는데 보통 히든 클래스와 시크릿 클래스만 되어도 특별하다. 그리고 전설 클래스는 뽑아서 강하지 않은 경우가 없었다. 즉, 보증 수표라는 거다. 그리고 신 클래스. 전 세계적으로도 현재 그렇게 많은 숫자가 풀리진 않았다.

"저 민혁이라는 유저가 다가가는 신 클래스는 애초에 하지 말라고 만들어놓았던 건데……."

그랬다. 클래스 중에서도 유독 까다로운 조건과 말도 안 되는 걸 요구하는 것들이 분명히 존재했다. 그중 하나가 바로 민혁이 근접하고 있는 신 클래스다.

"미친……. 거의 하루에 4만 칼로리씩 꾸준히 10일을 먹어야 하는데. 설마 그게 말이 되겠어?"

아무리 생각해도 그건 말이 안 된다. 게임을 오로지 먹으려고 하는 거 아니면!

"일단 혹시 모르니까, 유저 등급 4로 올려서 더 유심히 지켜보도록 해. 만약 6이 되면 나한테 알려주고."

"예, 알겠습니다."

그렇게 말하고 박 팀장이 몸을 돌렸다.

"세상에. 하루에 4만 칼로리씩 꾸준히 십 일 동안 먹는 건 말이 안 되지, 그래 안 될 거야. 사람이라면 그게 가능할 리가 없지. 삼 일 동안 미쳤던 거야."

박 팀장은이 중얼거리는 것을 들으며 이민화는 다시 모니터로 시선을 돌렸다. 그녀는 자신도 모르게 중얼거렸다.

"왜 난 될 것 같지……?"

이상하게도 계속 그런 생각이 들었다.

"이게……."

민혁은 의아한 표정을 지을 수밖에 없었다.

꽤 날이 잘 갈린 번쩍번쩍한 검이었다. 그것을 발렌이 자신에게 건네고 있었다.

그와 함께 알림이 울렸다.

[발란의 검을 얻을 수 있습니다.]

[아르도 초보자 사냥훈련지점과 허수아비 타격지를 왕복할 수 있습니다.]

[명성 2를 획득합니다.]

3장
황금 알을 낳는 닭

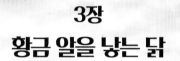

발렌이 빙그레 웃고 있었다.

"어차피 내겐 필요 없는 물건이거든."

민혁은 일단 망설이지 않고 받았다. 그는 주는 걸 거절하는 사람은 아니었다.

"전 교관님께 밥 한 끼 해드린 게 다인데요?"

"그래서 싫은가?"

발렌이 다시 손을 뻗자 민혁이 잽싸게 품으로 안았다.

"그건 아닙니다. 헤…… 감사히 잘 쓰겠습니다!"

"그래, 자네 이제 슬슬 나갈 거지?"

"그래야 할 것 같습니다."

"딱딱한 빵도 넉넉하게 가져가지."

"여러모로 정말 감사합니다."

발렌은 말없이 웃었다.

"맛있는 한 끼. 정말 고마웠네."

그런 말을 하면서도 발렌은 속으로 생각했다.

'영원히 잊지 못할 거야.'

"사냥훈련지점 가서도 자주 놀러 오겠습니다."

"그러게나. 참, 어서 검을 확인해 보게나."

그 말을 한 발렌은 몸을 돌려 소파에 몸을 눕혔다. 시스템을 확인하는 방법은 대부분이 비슷했다.

"아이템 확인."

(발란의 검)

등급: 레어

제한: 없음

내구도: 2,000/2,000

공격력: 211

특수 능력:

- 힘+4, 민첩+3
- 스킬 용맹의 일격

설명: 발렌 교관이 과거에 사용했던 잘 관리된 검이다.

검의 확인을 끝낸 후 민혁은 '스킬창'이라고 중얼거렸다.

(용맹의 일격)

아티팩트 스킬

레벨: 없음

소요 마력: 10 / 쿨타임: 1분

효과:

•일격에 20%의 공격력이 추가된다.

설명: 발란의 검에 붙어 있는 타격 스킬로 회심의 일격을 할 때 좋다.

아이템의 등급은 노멀, 매직, 레어, 유니크, 에픽, 전설, 신이 라고 보면 되고, 스킬도 나쁘진 않은 것 같았다.

민혁은 검을 이리저리 살펴봤다. 검면에 용이 승천하는 문 양이 그려져 있었다. 그리고 민혁은 곧 자신이 진짜 원하는 본 론을 꺼냈다.

"저…… 교관님."

소파에 누운 발렌이 고개를 들어 올렸다.

"저 식기류랑 조리 도구 좀 빌려주면 안 될까요?"

"……기둥을 뽑아 달라고 하지, 왜."

물론 그러면서도 발렌은 웃고 있었다.

민혁은 드디어 허수아비 타격지를 넘어서 출구 앞에 섰다.

민혁의 인벤토리에는 발렌에게 빌려왔지만 사실상 내 것이된 것들이 있었다. 바로 프라이팬, 냄비, 휴대용 버너나 간단한조미료, 그 외의 기본적인 조리 도구들이었다.

"후우!"

긴장된 숨이 뿜어졌다. 사냥이 무서워서? 그건 아니었다.

'닭을 먹는다……!'

이윽고 출구를 넘어선 민혁은 허수아비 타격 수련을 끝내고 밖으로 나온 유저들이 닭을 사냥하는 걸 볼 수 있었다.

"흐, 흐어어억……. 닭이 난다요!"

한 닭이 날아올라 유저를 쪼아댔다.

'음…….'

유저가 닭한테 쪼여 죽는 경우는 없는 것 같았고, 닭들은 공격 한 번에 죽지 않고 보통 세 번 정도 타격해야 추욱 늘어졌다.

'사냥 교관 로이나를 찾아가라고 했지.'

발렌은 사냥훈련지점으로 가면 금방 사냥 교관 로이나를만날 수 있을 거라고 하였다.

그 말대로 민혁은 얼마 지나지 않아 마을 입구에 딱 서서 지키고 있는, 가죽 갑옷에 검은 머리카락을 질끈 묶고 팔짱을 낀채 주변을 둘러보는 여성을 발견할 수 있었다.

그녀가 서 있는 지점이 바로 초보존에서 마을로 넘어가는 지점이었다. 즉, 초보존은 닭만 잡으면 벗어날 수 있다는 거였다.

민혁은 빵을 먹으면서 단숨에 그녀의 앞으로 다가갔다. 그리고 그녀 앞에 도착한 후, 빵을 모두 씹어서 삼키고 말했다.

"안녕하세요. 교관님."

"사냥훈련 교관 로이나라고 한다. 닭을 다섯 마리 잡아 오면 보상을 주도록 하겠다."

[퀘스트: 닭 다섯 마리 사냥]

등급: 튜토리얼

제한: 없음

보상: 보너스 포인트 3, 3,000골드

실패 시 패널티: 없음

설명: 이제 본격적인 사냥을 배워보도록 하자. 닭 다섯 마리를 사냥해라. 그리고 안타깝게도 닭은 아무리 사냥해도 경험치가 오르지 않는다. 튜토리얼 몬스터이기 때문!

발렌 때와 크게 다르진 않았다.

그러던 중, 갑자기 로이나가 민혁의 허리춤에 걸려 있는 검을 발견하곤 눈을 크게 떴다.

"그, 그거 혹시 발란의 검이더냐?"

"맞습니다."

"그, 그걸 네가 어떻게……."

그녀의 눈이 크게 흔들렸다. 하지만 민혁은 퀘스트를 받고 서둘러 닭을 잡기 위해 이미 몸을 돌린 상태였다. 로이나는 그 부분은 크게 신경 쓰지 않았다. 단지.

'발란의 검은 발렌 교관님께서 인정한 자만이 받을 수 있는 검이야.'

로이나는 발렌에 대해서 아주 잘 알고 있었다. 교관이 되기 전에 발렌의 부하였기 때문이다. 그랬기에 놀랄 수밖에 없었다.

유저는 빵을 먹으면서 발걸음을 옮기는 중이었다. 로이나는 자신도 모르게 그를 유심히 지켜봤다.

민혁은 닭 한 마리 앞에 서 있었다.

"꼬꼬!"

그런데 닭이 좀 이상하다, 아니, 많이 이상하다. 닭이 민혁을 노려보고 있었다. 주변의 다른 닭들도.

스르릉-

발란의 검이 경쾌한 소리와 함께 뽑혀 나왔다. 이어서.

콰다다닥!

닭이 민혁을 향해 날아올랐다.

민혁은 생각보다 꽤 침착했다. 딱히 닭이나 비둘기 같은 것을 무서워하지도 않았고 꽤 오랜 시간 검도를 했기 때문이었다.

그가 날아오는 닭을 향해 발란의 검을 휘둘렀다. 그러자.

"꼬꼬!"

퍼직!

단 한 수에 닭이 축 늘어져 버렸다.

"……?"

그 모습을 멀리서 지켜보던 로이나가 눈을 크게 떴다.

'하, 한 수에……?'

초보자들은 대부분이 세 번을 타격해야 닭을 잡을 수 있다. 한데, 저 유저는 단 한 수에 잡아냈다.

'발란의 검 때문인가? 아니, 검 때문만은 아닌 것 같아.'

조금 전 그의 검을 휘두르는 묵직함은 단순히 발란의 검 때문만은 아닌 것 같았다.

'그럼 허수아비를 타격해서 능력치를 올렸다는 건가? 그 정도 횟수를 타격했다면 검을 휘두르는 것도 꽤 능숙해졌을 테고.'

로이나는 고개를 주억였다. 하지만 저 정도로 발렌이 검을 선물했다는 것은 이해할 수 없는 일이었다.

그러던 중. 갑자기 사내가 바닥에 앉았다. 그리고 냄비와 버너, 물병, 작은 식칼과 도마를 꺼내 펼치더니, 식칼을 조준한 뒤에 눈을 부릅뜨고 온 힘을 다해 목을 내려쳤다.

댕강!

그다음, 닭을 손질하기 시작했다. 엉성한 솜씨였지만 사내는 열심히 손질해 냈다. 생수병을 이용해 털을 모두 뽑은 생닭을 씻어내고는 냄비에 물을 받았다. 그리고 닭을 그 안에 넣고 끓이기 시작했다.

"저, 저게 도대체 뭐 하는 짓이야……?"

로이나는 이해할 수 없어 중얼거렸다. 그 앞에서 몸을 일으킨 민혁이 흡족하게 웃었다.

'닭은 맛있다!'

"야, 저 유저 좀 봐."

"헐. 지금 여기서 백숙해 먹는 거 실화냐?"

"……레알, 아테네 플레이하면 군대에서처럼 별의별 사람 다 본다더니……."

유저들이 중얼거리고, 일부는 킥킥거렸다.

하지만 민혁은 아랑곳하지 않았다. 콧노래를 부르며 물을 올려놓고는 근처에 있는 닭들을 잡았다.

퍼직!

"……봐, 봤어? 하, 한 방에 죽였어!"

"컥!"

"뭐야, 저 유저 왜 저렇게 세?"

"야야, 검 보이냐? 검이 목검이 아닌데?"

"헐…… 어떻게 초보존에서……."

유저들이 놀란 목소리를 냈다. 그러거나 말거나 민혁은 첫 번째 닭처럼 두 번째 닭에게 나온 아이템에 손을 뻗었다.

[52골드를 획득합니다.]

[닭털을 획득합니다.]

아테네의 화폐 단위는 다른 가상현실게임처럼 실버, 골드 등으로 나뉘지 않고 무조건 골드로 통일된다. 그리고 가격은 현실과 비슷하게 설정되어 있다.

예를 들어 딱딱한 빵은 하나에 약 500골드 정도 한다. 실제로 딱딱한 빵의 퀄리티면 현실에서 500원 정도 할 거다.

그리고 현금과 골드의 시세 차이는 곧 스무 배. 즉, 100골드면 현금으로 5원이다.

다른 가상현실게임과 비교하면 무척 낮다고 볼 수 있지만, 레벨업을 해서 고렙 사냥터로 갈수록 더욱더 많은 골드와 아이템을 얻는다는 걸 감안하면 결코 낮은 수치는 아니었다.

그리고 몬스터의 사체는 본래 한 15분 정도가 지나면 사라지고 인벤토리에 넣거나 손을 뻗어 만지는 방식을 이용하는 경우 15분씩 남아 있는 시간이 늘어난다.

민혁은 다 잡은 닭을 다시 손질하기 시작했다.

민혁은 닭 다섯 마리를 사냥하고 보너스 포인트 3개와 3천 골드를 얻을 수 있었다. 보너스 포인트 3개는 힘에 2, 민첩에 1을 투자했다.

민혁은 손을 쓱쓱 비볐다.

'자, 시작해 볼까.'

그러면서 빙긋 웃고 뚜껑을 닫아놨던 냄비를 열었다.

'튀김가루가 없어 아쉽지만 뭐, 어쩔 수 없지.'

치느님을 영접하고 싶었으나 현재로썬 튀김가루를 구할 방법이 없었다. 그랬기에 선택한 것이 바로 삼계탕이다.

삼계탕.

몸보신에 이만한 게 없다. 보통의 삼계탕에는 마늘과 대추, 찹쌀, 대파 등이 들어가지만, 일단은 있는 재료만 넣었다.

부글부글부글-

뚜껑을 열자 수증기가 피어오른다. 그 안으로 민혁이 발렌에게 받아온 생마늘이 춤추고 있었다.

젓가락을 이용해 닭을 푹 찔러보자 아주 부드럽게 잘 들어간다. 그다음 소금을 뿌려준다. 그럼 닭고기에 간이 더 잘 밸수 있다. 모두 익은 후에 젓가락으로 푹 찍은 닭을 들어 올려 쟁반 위에 서둘러 옮긴다.

민혁은 그 어떤 때보다 기대감 어린 표정을 지었다.

"흐뚜뚜뚜."

뜨거움을 알리는 소리와 함께 쟁반 위의 닭고기에서 새하얀 수증기가 피어오른다.

민혁은 닭기름이 묻은 손가락을 쪽쪽 빨아대며 서둘러 양념장을 준비했다. 후추와 소금을 적절히 섞은 이것. 이것만 있어도 삼계탕 양념은 끝난다.

닭 다리를 집은 손가락 끝에서부터 뜨거움이 느껴진다. 다리를 서둘러 쭈욱 당기자 육즙을 가득 머금은 닭고기의 다리가 분리된다. 그다음 그 큼지막한 닭 다리를 통째로 한 번 크게 베어 문다.

"허허."

입안에 닭고기가 들어간 상태에서 김을 불면 입에서 증기가 뿜어져 나간다. 입안에서 어느 정도 식은 게 느껴지면 쫄깃한 그것을 씹는다.

우물우물우물—

닭 다리는 닭고기 중에서 가장 부드러운 부위다. 식감이 좋고 입안 가득 퍼지는 닭고기의 담백함이 일품이다.

수저를 이용해 국물을 한 입 떠서 넣어본다.

"크……."

기름진 맛. 이 맛이 삼계탕의 화룡점정이라고 할 수 있을 것이다. 이번엔 소금에 찍어서 크게 베어 먹었다.

"맛있어……."

정말 맛있다. 민혁은 눈물이 핑 돌았다. 마치 세상 모든 것을 다 얻은 것 같은 느낌이었다.

그 자리에서 민혁은 게 눈 감추듯 냄비에 든 닭들을 먹어치웠다. 마치 뼈를 모으면 과거 닭의 형태를 찾아낼 수 있을 법할 정도로 깨끗하게 발라 먹은 것이다.

"더 먹고 싶다……!"

민혁은 몸을 일으켰다.

냄비의 크기는 한정되어 있다. 커다란 냄비도 받아 오긴 했지만 작은 가스용 버너로 감당이 안 될 것이다. 허기진 배를 조금 전 먹었던 삼계탕의 맛을 떠올리며 빵을 씹어 충족시킨다. 그러면서도 다시 닭 한 마리를 또 냄비에 넣고 같은 방법으로 끓이기 시작했다.

"특이해……."

로이나 교관은 그런 그를 먼 곳에서 바라보면서 생각했다.

정말 독특한 유저였다. 그러면서도 강했다. 또, 그는 벌써 다섯 마리를 넘게 잡았는데도 계속해서 닭을 빠른 속도로 잡아내고 있었다.

'저 녀석을 보니 발렌 교관님이 보고 싶어지네.'

그를 생각하면 항상 웃음이 난다.

'보고 싶다…….'

그녀는 쓴웃음을 지었다. 그러던 중.

"헉……!"

"저, 저거 뭐야!"

"뭔 닭 대가리가 저렇게 커!"

유저들 사이에서 비명이 퍼지기 시작했다.

로이나의 고개가 휙 돌아갔다. 그리고 잠시 후 로이나의 눈이 이채를 머금었다. 그곳에 있는 존재는 일반 닭보다 자그마치 두 배는 더 커다래 보이는 황금색 닭이었다.

"꼬끼!"

울음소리가 어쩌나 큰지, 마치 개가 짖는 것 같았다.

'황금 닭?'

황금 닭의 존재를 로이나는 알고 있었다.

저 닭은 모든 초보 사냥존의 보스 몬스터. 하지만 그냥 보스 몬스터가 아니라 쉽게 표현하면 '이벤트'를 위해 마련된 몬스터였다.

그리고 유저들도 그것을 인지하기 시작했다.

"야 씨x, 죽여! 어떻게든 죽여! 저 새끼 잡으면 황금 알을 낳는 닭 얻는다고! 예전에 공지에서 봤어!"

"황금 알?"

"그래, 인마! 그 알 깨면 20만 골드 나온다. 그것도 하루에 한 알씩! 우리 둘이 같이 빨리 잡자!"

"헉!"

"억?"

"잡아! 저 닭 잡아!"

유저들이 소리를 지르기 시작했다.

하루에 20만 골드. 즉, 현실에서 하루에 만 원씩을 얻는다는 거였다.

유저들이 빠르게 몰려들기 시작했지만, 황금 닭은 강하고 흉포했다. 녀석은 유저들에게 칼날 같은 부리를 박아대면서

학살하고 있었다.

"컥!"

"억!"

"꼬꼬!"

그리고 그 모습을 발견한 한 사내가 있었다.

스르릉-

그 사내가 눈을 번뜩였다.

'황금색 닭. 황금 올리브가 생각나는 놈이다!'

그리고 왠지 더 맛있을 것 같다.

꾸울꺽-

목울대를 움직였다.

탓!

지면을 박차고 민혁이 달려 나갔다.

박 팀장을 비롯한 이민화 신입 사원, 그 외의 사원들이 날카로운 눈으로 아르도 사냥훈련지점을 모니터하고 있었다.

"유저들 이번엔 사냥 가능할 것 같나?"

황금 닭은 한 달에 한 번 간격으로 거대한 아테네 세계관에서 하나의 사냥훈련지점에서만 랜덤으로 나타난다.

이 황금 닭은 말 그대로 이벤트다. 그리고 그 때문에 황금 닭은 무척 강하다. 지금도 황금 닭이 움직이는 족족 유저들이 로그아웃되고 있었다.

하지만 불만은 없을 것이다. 그만큼 황금 닭은 메리트가 큰 이벤트였고 거기에 초보자들은 사망 시 받는 패널티가 고작 30분 접속 불가밖에 없기 때문이다.

"아마 불가능할 것 같습니다."

"역시 그렇겠지?"

황금 닭은 이제까지 그 누구도 잡은 적이 없다.

그럴 수밖에.

'유저들은 서로 눈이 돌아가서 팀워크 같은 건 무시하고 막무가내로 달려들지, 팀을 맺는다? 그럴 턱이 있나.'

박 팀장은 고개를 주억거렸다. 애초에 황금 닭은 사냥훈련지점의 유저들보다 월등히 강했다. 그리고 소환과 동시에 20분이 지나면 저절로 사라진다.

그리고 현재 이민화 사원은 황금 닭에 관련한 내용을 보고 있었다. 신입인 그녀였기에 잘 모르고 있던 것이다.

물론 박 팀장에게 한 소리 들은 후 확인 중인 것.

"팀장님, 황금 닭 되게 재밌네요."

"왜?"

박 팀장이 고개를 돌리자 이민화가 푸하하- 하고 웃었다.

"보상 두 개 중 하나를 선택하는 거네요?"

"그렇지."

박 팀장도 쓴웃음을 지었다.

황금 닭은 사실 두 가지 보상이 있고, 그중 하나를 선택해야 했다.

"하루에 한 번 황금 알을 낳는 것과 일반 계란보다 더 맛있는 알을 낳는 것. 둘 중 하나를 선택해서 받을 수 있다, 그리고 만약 더 맛있는 것을 선택하면 히든피스가 발동된다라……푸흡……! 이거 히든피스 영원히 안 깨질 것 같아요."

"그렇지, 20만 골드면 자그마치 현금으로 만 원이야. 어떤 바보가 그걸 맛있는 계란으로 하겠어? 시간 좀 지나면 현금 거래가가 떨어질 거라고 해도 말 그대로 1년에 1억 예금 넣어놓고 3%~4%짜리 금리 높은 이자 타 먹는 건데."

"맞아요."

그렇게 말하며 고개를 돌리던 이민화. 그녀가 화면을 보다가 곧 어? 하는 소리를 냈다.

"왜?"

"티, 팀장님. 저기 검 들고 황금 닭한테 달려가는 유저……."

"음?"

박 팀장의 눈이 가늘어졌다. 마치 학교에서 급식실을 향해 달려가는 것처럼 이글이글 타오르는 눈빛으로 내달리는 사내가 있었다.

그 사내가 낯이 익다. 그리고 그가 찬 검도 익숙했다.

"저, 저 유저……!"

그 목소리가 박 팀장 입에서 튀어나온 순간.

끄아악!

비명 소리와 함께 한 유저가 또다시 잿빛이 되어 사라졌다. 그리고 몰린 유저들 틈으로 유저 민혁이 날아오르더니

푸화앗!

발란의 검을 휘둘렀다.

푸화앗!

"꼬꼬!"

단숨에 유저들 틈으로 난입한 민혁의 검이 황금 닭을 횡으로 베었다. 피가 튀어 올랐다. 실제와 100% 동일하다고 할 수 있을 정도의 현실감. 하지만 민혁은 차분했다. 그 차분함은 오로지 하나의 목표가 만들어내고 있었다.

'먹어본다.'

꾸울꺽-

다시 한번 목울대가 움직인다.

황금 닭은 가까이서 보니 부리가 칼이었다. 멀리서 보았을 때 어째서 유저들 몸에 박히나 했더니 가까이 다가오니 알 수 있었다.

"꼬…… 꼬!"

황금 닭이 분노한 표정으로 민혁을 노려본다. 민혁과 황금 닭 사이에 팽팽한 긴장감이 감돈다. 유저들은 차마 황금 닭에게 덤빌 엄두를 못 내고 있었다.

곧이어 그 긴장감 속에서 화가 난 황금 닭이 민혁을 향해 쏘아져 갔다.

"꼬꼬!"

분노한 황금 닭을 향해 민혁이 검을 찔렀다. 그 순간 황금 닭이 몸을 비틀어낸다.

"저거, 내가 봤을 때 닭 아니야. 사람 새끼야."

한 유저가 중얼거렸다. 하지만 민혁은 당혹하지 않았다. 칼 같은 부리를 놈이 찌르고 들어오자 몸을 한 바퀴 돌려 피해내고 발로 놈을 후려쳤다.

퍼엇!

"꼬꼬!"

"빠, 빠르다……!"

"헐…… 혼자서 황금 닭을……."

황금 닭에 대한 데이터를 아는 유저들은 경악할 수밖에 없었다. 운영자들이 공식 발표한 자료에 따르면 황금 닭은 여럿의 유저들이 힘을 합쳐서 잡아내야 한다고 했다. 그 때문에 공략이 힘들다. 누가 먼저 황금 닭을 얻을지 몰라 욕심에 눈이 멀어 개인이 되어버리기 때문. 더군다나, 초보들이 파티의 개념을 잘 알리도 없었다.

하지만 민혁은 지금 다른 유저들보다 스텟이 더 높았다. 거기에 그에게는 발란의 검이 있었으며 남들보다 허수아비를 더욱더 많이 타격한 것, 그리고 현실에서 매일 꾸준히 네 시간씩 운동한 노련함이 있었다.

[용맹의 일격]
[일격에 20%의 공격력이 추가됩니다.]

민혁은 스킬을 사용했다. 이어서 황금 닭이 민혁을 향해 날아올랐다.

푸드드득!

"으어어어!"

"도, 독수리야, 뭐야!"

몇몇 유저가 지레 겁을 먹고 물러난다.

하지만 민혁은 물러서지 않고 놈을 노려보다가, 있는 힘껏 놈의 몸통을 향해 검을 찔렀다.

놈의 부리도 민혁의 머리를 향해 날아오고 있었다.

푹!

찔린 이는 다름 아닌 황금 닭이었다. 민혁이 한 수 빨랐던 거다. 민혁은 검을 놓고 잠시 물러났다.

"꼬…… 꼬……."

힘없이 늘어지는 황금 닭. 민혁은 빠르게 거리를 좁혀 검을 뽑아냈다.

푸직!

그리고 있는 힘을 다해 닭목을 내려쳤다.

푸화아악! 콸콸!

피가 쏟아지고 알림이 들려왔다.

[이벤트용 몬스터인 황금 닭 사냥에 성공하셨습니다.]

민혁은 죽은 황금 닭의 앞으로 나타난 일반 닭 크기의 황금색 동상을 볼 수 있었다. 그리고 그 옆에는 82,135라고 써진 골드와 황금 닭의 부리가 놓여 있었다.

민혁은 손을 뻗어 집었다.

[82,135골드를 획득합니다.]
[황금 알을 낳는 닭을 획득합니다.]
[황금 닭의 부리를 획득합니다.]

이벤트용 보스 몬스터이기 때문에 드랍한 골드도 꽤 많았다. 민혁은 재빠르게 황금 닭 사체에 손을 뻗었다.

"획득."

몬스터의 사체의 경우는 손을 뻗으면 무조건 획득이 아니다. 이렇게 직접 말하거나 혹은 자신의 손을 사용해야 했다.

거기에 더해져 인벤토리 안에 있다고 해서 부패하지 않는 게 아니었다. 바깥 온도에 따라 부패가 시작된다.

민혁의 인벤토리로 황금 닭의 사체가 빨려 들어갔다.

"후후."

민혁은 흡족한 미소를 지었다.

'이놈을 요리하면 분명 맛있을 거야.'

놈과 싸우면서 보았다. 오동통하게 살이 오른 뒷다리. 적당하게 키워진 가슴살. 남들은 골드에 눈이 뒤집혔을 때 먹을 것에 눈이 뒤집힌 민혁이었다. 그는 바로 공복감을 느껴 딱딱한 빵을 입에 물고는 황금 알을 낳는 닭을 확인해 봤다.

(황금 알을 낳는 닭)

등급: 이벤트 아티팩트

특수 능력:

- 하루에 한 번 200,000골드를 품은 계란을 낳는다.
- 하루에 한 번 일반 계란보다 훨씬 맛있는 계란 열 개를 낳는다.

설명: 이벤트 몬스터인 황금 닭을 잡으면 얻을 수 있다. 유저는 두 가지 특수 능력 중 한 가지를 선택해서 하루에 한 번 보상 받기가 가능하다.

"오!"

민혁은 사실 다른 유저들이 말하는 골드 보상 같은 걸 듣지 못했다. 워낙 황금 닭이 맛있어 보여서 말이지.

민혁은 고개를 끄덕거리며 생각했다.

'이거 정말 대단한 보상 아니야?'

세상에 이런 보상이 있을 수가 있는가? 이건 혁신에 혁신을 더한 보상이라는 것이다!

"당연히 2번이쥐!"

[황금 알을 낳는 닭. 맛있는 계란을 선택하시겠습니까?]

민혁에겐 더 생각할 것도 없는 이야기였다. 그에겐 두 번째 보상이 좋아 보이는 것이다!

"고라쥐!"

[황금 알을 낳는 닭의 특수 능력 선택을 완료하셨습니다.]
[히든피스 '먹는 행복을 아는 자'를 완료했습니다.]
[식품 보관 인벤토리를 획득합니다.]
[5대 스텟을 5씩 획득합니다.]

[민혁 유저가 히든피스 '먹는 행복을 아는 자'를 완료했습니다.]

"……?"

잠깐 정적이 지나갔다.

박 팀장은 눈을 끔뻑거리다 하품을 크게 했다.

"하암, 야근을 너무 오래 했나. 이젠 이상한 게 보이네."

그러면서 찔끔거린 눈물을 닦아내고 다시 한번 떠오른 문구를 바라봤다. 하지만 문구는 변하지 않았다.

그가 말없이 목덜미를 긁적거렸다가 말했다.

"이게 내가 이상한 거야? 저걸 택하는 게 말이 된다고?"

다른 운영자들도 그제야 정신을 차렸다.

"마, 말도 안 돼……! 저 사람 글씨 못 읽는 거 아니야?"

하지만 곧 영상 속에서 나오는 민혁이 대변했다.

[계란후라이~ 계란말이~ 계란을 톡! 까서 라면에 넣으면? 개꾸우울~]

"……이거 실화냐"

민혁이라는 유저는 진심으로 행복해 보였다.

그 모습을 보면서 박 팀장은 이마에 손을 짚었다.

"저 유저 아직 레벨 1이지?"

"예."

"근데 능력치가……."

보상으로 5대 스텟이 5씩 올랐다. 황금 닭을 혼자 잡은 것만으로도 이미 초보존에선 꽤 난다 긴다 한다는 것인데, 이젠 거의 넘사벽으로 올라서 버린 것이다.

오로지 먹었을 뿐인데!

"이제 황금 닭은 사라지겠네요……."

"그렇지, 히든피스가 달성되었으니까."

히든피스가 달성되면 더 이상 진행되지 않는 것들이 있다. 그중 하나가 바로 황금 닭이다.

"이거 큰일인데, 황금 닭을 대체할 만한 초보존 이벤트 같은 거 하나 더 만들어야겠는데? 와…… 황금 닭 이벤트 영원히 안 끝날 것 같다고 개발팀들 그렇게 자부하더니."

"사실 안 끝나는 게 맞는 거 아닌가요……?"

한 사원의 말에 박 팀장도 고개를 끄덕였다.

"아니, 다시 생각해도 어이없네?"

박 팀장이 커피를 다 마신 종이컵을 찌그러뜨리며 말했다.

"무슨 지네 아빠가 회장님이라도 돼? 어? 돈이 그렇게 많아? 어? 하루에 만 원이 뉘 집 개 이름이야!!"

박 팀장은 오늘 밤늦게까지 회의가 진행될 것을 직감했다.

"아버지."

게임을 종료하고 나온 민혁은 미리 자신을 기다리고 있던 아버지 강민후를 볼 수 있었다.

"어떠냐, 재밌냐?"

"예, 너무너무 재밌어요."

아버지 강민후는 그에 빙긋 웃었다.

"저 오늘 삼계탕 먹었어요. 아버지."

"오……!"

강민후는 감탄했다.

"그것뿐만이 아니라고요, 오늘 황금 닭이라는 녀석을 사냥했는데……."

민후는 그가 신이 나서 말하는 걸 들으며 흐뭇하게 웃었다. 민혁이 이런 표정을 짓는 모습을 거의 처음 보는 것 같아 그로서는 기쁠 수밖에 없었다.

"이제 좀 있으면……."

민혁은 빙긋 웃었다.

"치킨을 먹으려고 합니다."

"……!"

아버지 강민후는 아들이 수능에서 수석을 했을 때보다 더 기뻤다.

아들은 치킨을 먹고 싶다고 매일 같이 노래를 불렀었다. 마음 같아서는 먹이고 싶었지만, 아버지로서 그럴 수 없었다. 하지만 민혁이 게임 속에서 그것을 이룬다고 하니, 이보다 더 기쁠 수 있을까.

민혁과 대화를 나누던 강민후는 이어 담당의인 진환과 이야기를 나눴다.

"아직까진 특별한 부작용이나 호전 증세를 찾지 못했습니다. 현재 계속해서 민혁 군을 주시하며 하루 먹는 양을 체크하고 있습니다. 게임 속에서 먹지 않은 양만큼 더 빠르게 많이 먹고 있습니다."

강민후는 고개를 주억였다. 그 모습을 본 진환이 물었다.

"오늘 표정이 좋으시군요."

"좋고말고. 아버지로서 아들이 저리 행복해하는 모습을 봤는데."

진환도 고개를 끄덕이며 웃었다.

이야기가 끝난 후, 강민후는 그곳을 빠져나왔다. 수십 년간 그를 보좌했던 비서 박문수가 빠르게 붙었다.

"설치는?"

"완료했습니다."

두 사람이 함께 민후의 집무실로 향했다. 곧이어 문이 열리자 아테네 캡슐이 모습을 드러냈다.

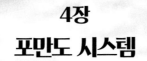

4장
포만도 시스템

민후의 방은 당연하게도 엄청나게 컸다. 캡슐이 작아 보일 정도로.

'내 아들이 게임을 한다는데…….'

먼발치에서 보는 것이라도 좋았다. 그 안에서 무엇을 하는지, 무엇을 먹는지 직접 보고 싶었다.

그는 작은 웃음을 지어 보였다.

'아 참.'

어제 네이바 지식인에 올렸던 글이 생각난 민후는 스마트폰을 이용해 답글을 확인했다.

[아테네 온라인을 하려고 하는데, 위엄 있고 요즘 젊은 친구들이 좋아하는 닉네임 같은 거 있으면 추천 좀 해주시길 바랍니다.]

그는 명색이 회장이었다.

그래서 회장다운 닉네임! 그런 것을 가지고 시작할 생각이었다. 그리고 당분간 민혁에겐 비밀로 할 생각이었다.

그는 답글과 댓글을 확인하기 시작했다.

[오, 아저씨인가 보네요. 뭐니 뭐니 해도 최고의 닉네임은 흑염룡이죠.]

-fgdg234: 아⋯⋯. 님, 그거 제가 하려고 한 건데, 왜 알려줌?

-gg731: 허허⋯⋯ 흑염룡이야 말로 위엄 있고 요새 젊은 사람들이 최고로 치는 닉네임이죠.

-루시맘: ⋯⋯꺅, 흑염룡 생각만 해도 넘나 멋진 것⋯⋯. 내 오른팔에서 그 녀석이 미쳐 날뛴다⋯⋯!

-네이더는네이년: 댓글 담합력 보소⋯⋯ ㅋㅋㅋㅋ

-졸멋탱: 인정, ㅆㅅㅌㅊ 듣기만 해도 ㄷㄷ

"오⋯⋯."

강민후는 고개를 주억였다.

'흑염룡이라?'

그거 참으로 멋있는 것 같다. 무협지에서 나올 법한 이름 아닌가.

"박 비서."

"예, 회장님."

문 옆쪽에 서 있던 박 비서가 서둘러 다가왔다.

"내 아테네 닉네임을 흑염룡으로 하려고 하는데, 어떻게 생각하나?"

"흑염룡이요? 호오……."

박문수는 고개를 주억거리면서 턱을 어루만졌다.

"젊은 사람들 말로는 생각만 해도 멋지고 위엄 있으며 젊은 친구들이 최고로 칠 때 쓴다는데."

"딱 회장님이시군요."

"괜찮은 것 같지?"

"최곱니다."

"어때, 나도 이러니까 젊은 친구 같나?"

"그럼요."

"허허허허!"

누가 봐도 두 아재의 대화였다. 하지만 진실을 알 리 없는 두 사람.

그날 강민후는 '흑염룡'이란 닉네임으로 아테네를 시작했다.

(민혁)

레벨: 1

직업: 무직

HP: 173 MP: 150

힘: 14+9 민첩: 10+8 체력: 10+5

지혜: 10+5 지력: 10+5 명성: 3

포만도: 100%/5

보너스 포인트: 0

민혁은 자신의 스텟창을 확인했다. 발렌의 설명에 의하면 플러스 뒤에 붙어 있는 건 칭호 효과나 아이템 효과가 합산된 것이라고 하였다.

현재 민혁의 스텟은 누가 봐도 경악할 정도로 매우 높은 수준이었다. 그리고 황금 닭을 잡고 히든피스를 달성한 뒤 받은 식품 보관 인벤토리. 자그마치 유니크였다.

이 식품 보관 인벤토리는 따로 '식품 보관 인벤토리'라고 생각하거나 말해야 열람된다. 그리고 그 안에 넣을 때 몇 도의 온도에서 보관할지를 설정할 수 있다. 즉, 민혁 맞춤형 아티팩트라고 할 수 있을 것이다.

'벌써 포만도가 5가 됐네.'

'/5'를 달성했다. 그 기준은 모르겠지만, 하루에 한 번씩 오르는 것 같았다. 민혁은 여전히 초보자 사냥훈련지점을 떠나지 않고 닭 요리를 열심히 먹고 있었다.

'로이나 교관님께 식료품을 지원받을까?'

당장 밖으로 나가는 방법도 있지만, 민혁은 이곳에서 요리해서 바로 먹는 것도 색다른 즐거움이라고 생각했다. 그리고 식자재를 자체적으로 해결할 수 있을지도 모른다는 자신감도 들었다.

'황금 닭은 기필코 치킨으로 만들고 만다. 흐……'

그런 생각을 하며 삼계탕의 살점을 모두 먹어치웠다. 계속 삼계탕만 먹은 건 이렇다 할 재료가 없기 때문이었다.

뚝딱 고기를 모두 발라 먹은 민혁은 냄비를 통째로 들고 벌컥벌컥 들이켰다.

"크흐, 이 기름진 맛이지!"

그런 감탄을 하던 때였다. 아침 근무 시간이 된 것인지 로이나가 오는 게 보였다.

'발렌 교관님보다 더 까탈스러운 거 같단 말이지.'

그녀는 발렌보다도 더 차가운 듯 보였다. 다른 유저들을 대하는 것도 더 심했다. 오죽하면 아르도의 두 교관을 '건들면 혼나는 교관'으로 부르는 사람들도 있을 정도였다.

'어떤 방법으로 접근하는 게 좋을……'

그런 생각을 하던 때였다. 로이나가 주변을 두리번거리더니 민혁을 발견하곤 다가왔다.

'음?'

그녀가 지정된 자리를 벗어나는 건 처음 보는 민혁이었다.

"흠흠!"

"교관님, 좋은 아침입니다!"

"그래, 좋은 아침이다. 민혁. 다름이 아니라……."

그녀의 손에는 천에 싸진 무언가가 있었다. 그녀는 조심스레 천을 걷어냈다. 곧 모습을 드러낸 것을 본 민혁의 눈이 크게 떠졌다. 그것은 바로 고추장과 감자였기 때문이다!

'저, 저거라면……!'

닭볶음탕을 해 먹을 수 있다.

'삼계탕과는 다른 별미! 매콤달콤한 밥도둑!'

그녀가 그것을 내밀기 전 머뭇거리더니 말했다.

"호, 혹시……."

"넵, 교관님!"

눈앞에 보이는 재료를 보며 민혁은 침을 꿀떡 삼켰다.

"발렌 교관님…… 잘 지내시니?"

"예?"

"그, 그분과 난 과거에 같은 부대에서 근무했었다. 그분은 내 상사셨지. 그저 그분이 잘 지내시는지 궁금해서……."

"궁금하시면 직접 가시면 되지 않습니까?"

"……."

로이나의 볼에 떠오른 홍조.

"아……."

예상외였다. 그 차가워 보이는 로이나가 이런 표정이라?

로이나는 민망한지 발 한 쪽을 뒤로 뻗어 발끝으로 콕콕 땅을 짚고 있었다.

민혁의 먹을 것 더듬이가 가동되고, 신호를 보내왔다.

'이거 잘만 하면 식료품을 쉽게 얻을 수 있겠구만!'

그는 일부러 능청스럽게, 하지만 남이 볼 땐 국어책을 읽듯 말했다.

"아, 맞다. 나를 빼곤 다시 허수아비 타격지로 들어갈 수 있는 이방인은 없었지, 어? 근데 교관님은 이방인이 아니잖아요."

그는 시치미를 뚝 뗐다. 먹을 것 앞에서 정말이지 치밀한 민혁이었다.

"뭐, 뭣?"

그 말에 로이나가 깜짝 놀란 표정을 지어 보였다. 그리고 눈을 부릅뜨며 민혁에게 말했다.

"너, 너 혹시 저기 훈련소로 다시 들어갈 수 있는 거니?"

"그렇습니다."

"어, 어떻게……?"

"교관님이 이 검을 선물해 주시면서 자동으로 들어갈 수 있다고 알림이 들리던데요?"

"그, 그래?"

그 말에 그녀는 설레는 마음을 추스르지 못하는 표정이었다.

민혁은 여전히 말 잘 듣는 강아지처럼 양손을 쭉 앞으로 펼치고 있었다. 그녀는 가져온 재료들을 민혁의 손 위에 올려주고는 몸을 돌렸다. 그러고는 힘겹게 마음을 추슬렀다.

'그분을 계속 만날 수 있는 유저라고……?'

사실 그녀는 민혁에 대해 의아한 게 많았다. 발란에게 검을 받은 것도 그렇고, 민혁 때문에 요즘 이 사냥훈련지점에 닭이 없다고 유저들이 난리였기 때문이다. 물론 그걸 제지할 수도 없긴 했지만. 아마 민혁이 잡아먹은 닭만 해도 족히 200마리는 될 터였다.

하지만 그는 여전히 나갈 생각이 없어 보였다. 그 말은 즉.

'며, 며칠 동안 여기에 더 묵는다는 건가?'

그리고 그녀는 민혁이 식재료를 가져다주자 좋아했던 것을 떠올렸다.

'발렌 교관님의 이야기가 너무 궁금해……'

사실 그녀는 발렌을 좋아했다. 그에게 이야기를, 어쩌면 이 마음을 전할 방법이 생긴 걸지도 모른다.

민혁은 자신이 만들어낸 닭볶음탕을 보며 감탄했다.

닭볶음탕은 언제 어디서든 즐길 수 있는 요리이다. 매콤달콤한 양념이 잘 배어든 닭볶음탕. 밥과 함께 먹으면 이만한 것도 없다. 그리고 양념이 잘 밴 감자를 으깨서 밥 위에 올리고 크게 한 입 먹으면 절로 미소가 떠오를 것이다.

그렇게 닭볶음탕을 국물 한 방울 남기지 않고 완전히 꿀떡하고 삼켜 버린 민혁. 그는 내심 아쉬운 마음이 들었다.

그때 다시 로이나가 다가왔다.

"흠……. 너 바쁘니?"

"아니요. 안 바쁩니다!"

그녀의 손에는 이번에도 천에 싸인 무언가가 있었다.

'이번에는 과연 무엇일까?'

곧 그녀가 보자기를 풀자 모습을 드러낸 것은 다름 아닌 쌀이었다. 민혁의 손이 부들부들 떨렸다. 탄수화물의 결정체! 살의 적이라고 할 수 있었다. 정말이지, 칼로리와 관련해 나쁜 녀석이라고 할 수 있는 쌀!

하지만 지금은 아니었다. 민혁은 이 순간을 위해 계란을 아직 하나도 안 까먹고 있었다. 그리고 로이나에게 쌀을 부탁할까 하는 생각도 하고 있었다!

"혹시 말이야. 내가 이거 줄 테니까. 발렌 교관님 이야기 좀 해줄 수 있어?"

"물론입니다!"

"그래?"

"넵! 발렌 교관님, 집 수저가 몇 개인지도 기억합니다!"

민혁은 자신의 계획대로 되고 있음을 깨달았다.

"너 집에도 가봤구나?"

"그렇습니다!"

"그분 요새 어떻게 사시니?"

민혁은 하나하나 말해주었다. 그리고 발란의 검을 받게 된

계기까지. 그 이야기를 들은 로이나는 가슴이 아파졌다.

'그렇게…… 외롭게 사시는구나…….'

일상을 듣고 나니, 문득 측은하다는 생각이 들었다. 그러나 곧 로이나의 눈이 이채를 띠었다.

'어쩌면 이것은 기회!'

로이나가 민혁에게 쌀을 건네줬다.

[로이나와의 친밀도가 상승합니다.]

"잘 먹겠습니다. 교관님! 참, 교관님."

"응?"

"이건 조심스러운 질문이지만 말입니다."

그렇게 말하면서 민혁은 자신의 계획을 실현했다.

"전해줄 게 있다면 제가 전해 드리겠습니다. 대신에 식재료 좀 구해다 주십시오!"

기브 앤 테이크. 그 말에 로이나의 표정이 밝아졌다.

그리고 민혁도 '역시나'라는 표정을 지었다.

'흐흐…… 거기 가는 데 얼마나 걸린다고.'

거기 가서 로이나의 말을 전해주고 식료품을 받는다. 로이나 좋고 민혁 좋고, 이 얼마나 좋은 일이란 말인가.

"그, 그래 줄래?"

"네!"

[퀘스트: 발렌에게 로이나가 원하는 걸 전해주기]

등급: E

제한: 허수아비 타격지 왕복자

보상: 식재료

실패 시 패널티: 로이나와의 친밀도 하락

설명: 당신이 로이나 교관에게 한 제안을 그녀가 받아들였다. 그로 인해 발발한 퀘스트.

퀘스트의 등급은 E급이 가장 낮고 S급이 현재까지 알려진 가장 높은 등급이다.

아테네의 퀘스트는 유저와 NPC 간의 약속에 의해서도 발발된다. 꽤 다양한 요소로 발생되는 편으로 딱히 이상한 일은 아니었다.

그리고 민혁은 알 수 있었다. 이 퀘스트는 발렌과의 친밀도가 높고, 허수아비 타격지로 왕복이 가능해야만 받을 수 있는 퀘스트라는 걸.

그녀는 고개를 끄덕이더니, 몸을 돌려 자신의 자리로 돌아가 무언가를 곰곰이 생각하기 시작했다. 아마도 무슨 말을 전해야 좋을지 생각하는 것이리라.

그리고 민혁은 이제까지 자신이 아껴두고 아껴두었던 요리를 시도하기로 했다. 정말 오랜 시간 동안 먹고 싶었던 음식.

바로 간장계란밥이다.

간장계란밥.

배가 고픈데 집에 딱히 먹을 만한 음식이 없을 때 먹기 좋은 음식! 가끔은 정말 이유 없이 당길 때도 있다.

먼저 쌀을 씻어 안쳤다. 조리법은 이미 인터넷으로 모두 숙지해 온 상태. 기필코 이른 시일 내에 간장계란밥을 먹겠다고 준비했던 민혁이었기 때문이다.

밥이 다 된 후에는 프라이팬에 기름을 두르고 중불에서 달궈질 때까지 기다렸다. 적당히 달궈졌을 때, 가스 불을 가장 약하게 조절했다. 그다음 비장의 무기를 꺼냈다. 바로 황금 알을 낳는 닭이 낳은 계란이었다.

민혁은 실제로 녀석이 낳는 것을 본 적이 있는데, 갑자기 인벤토리에서 툭 튀어나와 알을 또옹또옹 하고 낳고는 다시 인벤토리로 들어갔다.

촤아아아아!

계란 하나를 톡 까서 프라이팬에 내용물을 올리자 경쾌한 소리가 들린다. 노른자를 터뜨리는 사람도 있지만, 민혁은 개인적으로 터뜨리지 않고 반숙으로 간장계란밥을 하는 걸 좋아했기에 터뜨리지 않고 프라이팬 하나에 다섯 개를 구워준다. 그 후에 뒤집지 않고 밥을 한 냄비의 뚜껑을 연다.

촤아아아-

그러자 하얀 김이 올라왔다. 그 위로 반숙의 계란프라이 다섯 장을 얹고 다시 계란프라이를 반복해서 한다. 계란의 가장 큰 묘미 중 하나는 다른 첨가물 없이 계란프라이를 할 수 있다는 것이지 않을까?

민혁은 간장계란밥을 할 때, 한 공기에 세 개 정도의 계란프라이가 들어가는 걸 선호했기에 추가로 부친 계란프라이 다섯 장도 냄비에 넣었다.

그다음 숟가락에 간장을 따른다. 한 스푼, 두 스푼, 세 스푼. 밥양에 따라 적당량을 넣고 참기름 뚜껑을 열자 고소한 향기가 코를 자극한다. 그것을 한 바퀴 휘이- 돌려서 넣어주고.

꾸울꺽-

입안에 고인 침을 한 번 삼켰다.

쓱쓱쓱-

"왼손으로 비비고~ 오른손으로 비비고~"

민혁은 노래를 흥얼거리며 열심히 비벼줬다. 적당한 간장과 참기름이 들어간 밥은 색깔부터가 달랐다. 간장계란밥이 딱 좋은 황금색을 띠는 순간. 숟가락으로 최대한 크게 펐다.

간장계란밥의 포인트는 크게 펴서 입안에 가득 넣고 쌀알과 짭짤하면서도 고소한 그것을 씹어 삼켜 허기를 채우는 것 아닐까? 그는 밥을 입안에 가득 넣고 우물우물 씹었다.

"이 맛이야……! 와, 확실히 계란이 더 맛있네!"

쾌재를 지르며 간장계란밥을 먹는 민혁이다. 여기에 조금은 익은 김치나, 깍두기, 열무김치, 또는 깻잎무침을 곁들이면 금상첨화. 그렇게 순식간에 간장계란밥을 일반인 기준으로 네 공기 뚝딱 비워냈을 때였다.

[포만도가 100%/6으로 상승합니다.]

"음?"

민혁은 고개를 갸웃했다.

지금까지 게임을 하면서 이걸 알림으로 들었던 적은 없었다. 무언가 불길함이 스치는 순간이었다. 이 불길함.

'뭐지?'

그는 고개를 갸웃할 수밖에 없었다.

민혁 유저의 포만도가 6이 되었다. 이민화의 보고를 받은 박 팀장이 서둘러 걸음을 옮겼다.

"뭐야, 방금까지 간장계란밥 먹고 있던 거야? 그 황금 알로?"

"네."

"크, 결국 여기까지 오다니. 정말 놀랄 '노'자다."

그런 말을 하며 박 팀장이 말했다.

"지금부터 민혁 유저의 등급을 1등급으로 올려. 7이 되면 '시련'이 시작된다."

시련. 바로 신 클래스를 받기 전에 가지게 되는 시험을 뜻하는 것이다. 이 시련은 알림형 시련과 미알림형 시련이 존재한다. 민혁의 경우 미알림형 시련을 받게 될 것이다. 해내지 못하면 얻을 수 없고 해낸다면 받으리라.

시련 내용이 적힌 걸 확인한 이민화는 이상하게도(?) 안타까운 표정이 되어 있었다.

"이 시련…… 되게 어렵네요."

"어렵지, 1시간 동안 일반 사람들 운동하는 것처럼 운동해 주면 1만 칼로리가 사라지지, 하루에 4~5만 칼로리를 먹은 사람이야, 4~5시간은 운동해 줘야 한다는 건데."

"와…… 4~5시간. 확실히 신 클래스 중에서도 어려운 조건이네요."

"그래, 아무리 먹을 게 좋아도 저런 사람들 대부분이 실제로는 게으르거든. 먹으려고 운동한다. 그게 이 시련의 포인트고, 과연 신 클래스에 도전할 수 있는 열정과 끈기를 가졌냐는 걸 보는 거야, 근데 과연 하루에 4시간씩 운동하면서 먹으려는 사람이 있을까? 내 생각은 힘들 것 같다야."

"하, 하지만…… 저는요."

"의견이라면 환영이야."

"저번에 저 유저 빵 먹으려고 허수아비 때렸잖아요?"

"그렇지."

"그래서 게으른 사람은 아닌 것 같아요."

"그래? 뭐, 일단 그건 지켜보면 알겠지. 첫 번째 시련이 가장 어려우니까, 해내느냐 마느냐."

박 팀장의 눈이 날카로워졌다.

"그것이 문제로다."

로이나가 민혁에게 건네준 식재료는 쌀과 감자, 고추장으로 저번과 동일했다. 그 외에 그녀가 건네준 것에는 손 편지 하나와 손수건이 있었다.

"이걸 교관님께 전해주고 오렴."

"알겠습니다. 그것보다 로이나 교관님."

"응?"

"다음에 갈 땐 식재료로 튀김가루와 밀가루를 요청하는 바입니다."

튀김가루, 닭을 튀길 수 있다. 밀가루는 더 말이 필요한가?

'밀가루는 사랑입니다~ 흐……'

하지만 곧 민혁의 기대가 와장창 깨졌다. 로이나의 눈이 반달을 그렸다.

"……싫은데?"

"엑? 왜, 왜죠?"

민혁의 표정은 세상 전부를 잃은 듯한 표정이었다.

"너 치킨 먹고 싶어서 그러는 거잖아."

흠칫! 민혁은 정곡을 찔렸다.

'세상에 NPC가 치킨을 알다니.'

"내가 이곳에서 근무하는 동안 사람들이 닭 사냥하면서 '오, 치킨이 뛰다님.'이나 '저거 잡아서 치킨 먹으면 개이득이냐?'를 몇 번이나 들었는데. 사람들은 그걸 치느님이라고 부른다지."

그녀는 거래하는 방법을 아는 여자였던 것이다.

"가장 맛있는 건 마지막에, 우리의 거래가 끝나면. 후후후후."

"크흑, 치밀하십니다."

"어서 다녀오도록."

"예!"

민혁은 곱씹어봤다.

'그래, 가장 맛있는 건 나중에!'

이곳을 벗어날 때쯤에 먹는 치킨. 그것도 황금 닭으로 만들어 먹는 녀석이 진짜 별미가 아닐까?

민혁은 빵을 우물거리며 발렌이 있는 곳을 향해 걸음을 옮겼다. 도착하는 것은 금방이었다.

"보상 내놔 NP……."

"꺼져라."

역시나 발렌은 오늘도 쿨내를 진동시키고 계셨다.

"교관님."

"오, 자네가 여긴 웬일인가?"

"교관님이 너무 보고 싶어서요. 교관님의 얼굴이 매일 아른 거려서 참을 수가 없더군요."

"허허, 이 친구 아직도 입만 동동 떠다니는군."

"헤……. 사실은…… 로이나 교관님이 이것 좀 전해달라고 하셨습니다."

"로이나?"

그 석자를 들은 발렌의 표정이 잠시 굳어졌다가 빠르게 펴졌다. 그가 작은 웃음을 지었다. 그리고 민혁이 건넨 손수건과 손 편지를 보았다.

그는 그 자리에서 곧바로 손 편지를 확인해 봤다.

"녀석답군."

[충성. 3분대원 로이나입니다. 분대장님께 안부 인사드립니다.]

이게 편지의 끝이었다.

"참, 교관님 점심 안 드셨지요?"

"그렇지."

"제가 닭볶음탕이라는 요리를 해드리겠습니다."

"호오?"

민혁은 먹는 걸 좋아한다. 혼자 다 먹고 싶을 정도로.

하지만 고마운 사람과 아닌 사람을 구별할 줄 안다. 또 거기

밥만 먹고 레벨업 1

에 더해 정말 자신이 할 일만 쏙하고 가버리는 것은 조금 꺼림
칙하기도 했다. 그리고 현재 요리를 할 수 있는 것도 그가 빌
려준 식기류들 덕분이기도 했고.

"참, 그리고 딱딱한 빵 좀 주시면 안 될까요."

"……자네 아예 우리 집을 내놓으라고 하지? 하하!"

물론 다른 목적도 있었다.

민혁은 닭볶음탕을 만들기 시작했다.

로이나 교관. 그녀는 자신의 가슴 위에 손을 얹었다.

"대장님……."

그와 잘될 것을 생각만 하면 절로 미소가 감돈다.

'건들면 혼난다' 교관으로 불리는 두 명 중 한 명인 그녀의 이
런 모습을 다른 유저들이 보았다면 매우 놀랐을 거다.

그녀는 하늘을 올려다봤다.

과거 발렌이 분대장이었을 때, 로이나는 그의 부하였다.

천재라고 불렸던 그녀는 꽤 거만했고, 그로 인해 죽을 뻔한
적이 있었다. 그때 발렌이 구해주며 손수건을 건네주었는데,
그 날부터 좋아하게 되었다.

그러나 얼마 지나지 않아 그녀는 이곳에 오게 되었고, 그 후로
발렌을 먼발치에서 바라볼 수밖에 없었다. 로이나는 의외로 좋

아하는 남자 앞에서는 한없이 작아지는 성격이었기 때문이다.

때마침 민혁이 돌아오고 있었다.

"교관님이 뭐라시니?"

"고맙다고 하십니다. 잘 지내셔서 다행이랍니다."

그 말 한마디가 가슴에 와 닿았다.

그녀가 고개를 끄덕였다.

"그런데 왜 이렇게 늦었어?"

"그냥 가기 머쓱해서 식사 대접해 드리고 왔어요."

"그래? 참 장하구나."

"헤헤."

딱딱한 빵 100개를 얻어온 것은 비밀이다.

[로이나와의 친밀도가 상승합니다.]

민혁은 흡족한 표정으로 고개를 끄덕였다.

돌아온 민혁은 다시 닭들을 요리해 먹기 시작했다. 그녀가 준 재료 덕분에 찜닭도 해 먹을 수 있었고 삼계탕의 남은 재료로 닭죽도 해 먹을 수 있었다.

그러던 때였다.

[포만도가 100%/7로 상승합니다.]
[더 이상 음식을 섭취할 수 없습니다.]

1

[소화 스킬을 획득합니다.]

[포만도가 0%로 하락하면 다시 식사를 하실 수 있으며 포만도가 0%가 되면 /7이 /6으로 하락합니다.]

[포만도가 0%로 하락하는 시간은 24시간입니다.]

"……!"

민혁의 눈이 크게 떠졌다. 예상치 못한 돌발 상황이 발생해 버린 것이다. 그의 표정이 세상을 다 잃은 듯한 표정이 되었다.

'아, 안 돼!'

7 이상에 도달한 유저는 현재까지 알려지지 않았다. 그랬기에 민혁은 몰랐던 거다. 이 수치는 계속되는 음식 섭취에 제재를 가하는 수치였던 거다.

민혁은 혹시 몰라 입 쪽으로 음식을 가져다 대봤다.

[음식을 섭취할 수 없습니다.]

[포만도가 0%까지 하락하면 다시 섭취하실 수 있습니다.]

불가능했다. 입에 음식을 넣을 수가 없었다. 마치 입을 누군가 묶은 것만 같았다.

'희망은 아직 있어.'

'소화'라는 스킬명에 희망이 보였다. 민혁은 곧바로 소화 스킬을 열어봤다.

(소화)

패시브 스킬

등급: ? / 레벨: 1

소요 마력: 0 / 쿨타임: 0

효과:

• 빠른 칼로리 소모

설명: 운동을 할 때마다 칼로리가 훨씬 빠르게 소모되게 해준다. '운동량'이라는 수치를 표기하며 이는 1시간 동안 일반인들이 평균적으로 운동한 수치를 나타낸다. 그걸 달성할 시 1시간에 1만 칼로리를 소모할 수 있다.

"……흠."

민혁은 고개를 주억였다. 운동량이라는 수치는 말 그대로 일반 사람들이 한 시간 동안 운동한 평균 수치 같았다.

'운동량.'

그렇게 생각하자 그의 좌측 상단으로 운동량이라는 창이 떠올랐다. 수치는 현재 0%.

"운동량 상세 설명."

민혁은 이미 대부분은 발렌에게 숙지했다.

상세 설명 기능은 이렇듯 간단하게 작동된다.

[운동량 창이 띄워진 시점부터 1시간 동안 운동량 100%를 채우면 됩니다.]

민혁은 고개를 끄덕거리며 생각했다. 그렇게 절망스럽진 않았다.

'난 현실에서 맛없는 걸 먹으면서 하루에 네 시간씩이나 운동했어.'

하지만 이곳에선? 그가 팔을 휘둘러봤다. 가볍다. 숨이 차던 육체도 없다. 거기에 결정적으로.

'내가 먹고 싶은 걸 먹으면서 운동하는 거잖아?'

이 게임의 현실성. 그 현실성이 잠깐 민혁의 먹자 인생을 막으려고 했다. 사람이 하루에 4~5만 칼로리를 먹는데, 현실에서 이상이 없으면 이상한 거겠지. 하지만 답은 나왔다.

"고작 이딴 걸로 나의 먹자 인생을 막으려 하다니, 가소롭도다!"

할 수 있다. 그래, 고진감래. 고생 끝에 맛있는 걸 먹는 법. 운동 후에 먹는 밥맛은 더 꿀맛이렸다!

"한다."

민혁은 발란의 검을 쥐었다. 그리고.

후우우웅!

힘껏 검을 휘두르며 운동을 하기 시작했다. 가벼운 육체, 빠른 몸. 그리고 민혁이 가진 먹고자 하는 의지까지!

그는 빠르게 움직였다.

로이나는 갑자기 검을 휘두르는 민혁을 보며 의아한 표정을 지었다.

'흠?'

민혁에게 부쩍 흥미가 생겼지만, 사실 아직까진 많이 먹는 것 빼고 특별한 것은 발견 못 하고 있었다. 한데, 지금 그가 먹는 것 외의 행동을 보이고 있었다.

'시키지도 않은 수련을……'

그녀는 현재 민혁에게 일어난 상황을 몰랐기에 당황할 수밖에 없었다. 그만큼 민혁은 정말 열심히 운동하고 있었다.

검을 휘두르다가 팔이 저리면 누워서 윗몸 일으키기를 하고 온몸의 근육이 비명을 지를 땐, 주변을 뛰어다녔다.

"저 유저 봐, 운동한다. 큭, 게임 속에서 운동할 시간에 공부하면 좋은 대학 갔을 것을."

"그러게, 너도 게임할 시간에 공부 좀 하면 엄마한테 그만 혼나지 않겠냐?"

"……다, 닥쳐!"

유저들이 그를 보면서 의아한 표정을 지었다.

하지만 민혁은 신경 쓰지 않았다.

'먹기 위해 운동한다!'

로이나는 그런 그를 유심히 지켜봤다. 그는 정말 쉬지 않고 불굴의 의지로 운동하고 있었다.

'눈빛이…… 다르다…….'

분명히 민혁의 눈빛은 평소와 달랐다. 자신 앞에서 천연덕스럽게 웃던 그 표정이 아니었다.

살기 위해 운동한다. 민혁에게 운동은 그런 것이었다. 살기 위해 했었다. 참으로 암담한 이유였다.

하지만 지금은 다르다. 더 맛있는 걸, 많이, 앞으로도 계속 먹기 위해서 그는 쉬지 않고 검을 움직였다.

극심한 공복감이 찾아온다. 머릿속에서 누군가 말하는 것 같다. '먹어라, 먹어라, 먹어라, 먹어라!'라고. 그때마다 민혁은 미친 듯이 더 운동했다. 몸이 힘들면 조금이나마 식욕이 사라지는 것 같았으니까. 지금도 마찬가지다. 그 누구보다 열심히 미친 듯이, 독하게 했다.

그렇게 네 시간이 지났을 때.

[모든 칼로리를 소모했기에 포만도가 0%가 됩니다.]
[다시 음식을 섭취할 수 있게 됩니다.]

그리고 민혁은 어느 때처럼 해냈다.

"오예!"

그러다가 멈칫했다.

"……오예쓰 먹고 싶어졌어."

주린 배를 붙잡고 다시 닭고기 요리를 시작한 민혁이다.

이른 아침. 이민화가 침대에서 몸을 일으켰다.

황금 닭 사건으로 인해 밤낮으로 회의가 진행되고 새로운 이벤트를 만드느라 새벽에 퇴근한 그녀다. 몸을 일으킨 그녀는 찌뿌둥한 몸을 풀었다. 그리고 부엌으로 갔다.

냉장고 문을 열자 보이는 거라고는 어머니가 보내주신 신김치와 계란 몇 개뿐이었다.

'먹을 게 하나도 없네.'

그런 생각을 하며 냉장고 문을 닫으려던 그녀가 멈칫했다.

'잠깐……!'

그녀는 계란과 신김치를 꺼냈다. 그리고 프라이팬에 불을 올렸다.

촤아아아아아!

계란 하나를 톡 까서 프라이팬 위에 두르자 경쾌한 소리가 났다.

"헤……."

이민화가 히죽 웃었다.

얼마 전, 민혁 유저가 간장계란밥을 해 먹었을 때. 자신도 모르게 넋 놓고 바라봤다. 바라보는 것만으로도 계란의 그 짭조름하면서도 담백한 맛이 계속 입가에 맴도는 것 같았다.

"왼손으로 비비고~ 오른손으로 비비고~"

민화는 자신도 모르게 그 유저가 불렀던 노래를 흥얼거리다가 멈칫했다.

"내가 왜 이 노래를……."

그 유저는 참으로 이상한 재주를 가지고 있다. 매일 야근에 찌들어 있음에도 그 유저를 보고 있으면 이상하게도 웃음이 났다.

'먹는 게 그렇게 행복할까?'

삶을 살아가면서 작은 일부 중 하나. 하지만 그에게는 그 작은 일부가 온 세상을 가진 것만큼의 행복처럼 보였다.

그가 웃으면, 자신도 웃게 된다.

'해냈을까?'

간장계란밥 위에 신김치를 올려 크게 한입 먹은 이민화는 궁금했다. 먹기를 좋아하는 유저. 그런 그가 운동을 했을까? 오로지 먹기 위해서? 그녀는 서둘러 밥을 와구와구 먹어치웠다. 그리고 준비를 끝내고 서둘러 회사로 갔다.

미리 앞서 출근해 있던 박 팀장. 그가 3번 모니터의 민혁 유저를 보고 있었다.

"안녕하세요."

"그래."

박 팀장은 고개를 끄덕이고는 그녀를 돌아보며 말했다.

"이민화 사원 예감이 맞았네."

"예?"

"저 유저. 해냈어."

"……?"

"4시간 동안 안 쉬고 운동해서 칼로리 다 소모했다고. 정말 대단한 유저야."

박 팀장은 양팔을 들어 어깨를 으쓱했다.

"아……!"

그녀의 얼굴에 활짝 웃음이 생겨났다.

박 팀장이 의아한 표정을 지었다.

"음? 왜 그렇게 좋아해?"

"아, 아닙니다."

요새의 이민화에겐 먹으면서 나아가는 민혁을 보는 게 힐링 그 자체였다.

박 팀장은 고개를 갸웃한 후 다시 모니터링을 시작했다.

그리고 그로부터 시간이 5시간 정도 흘렀을 때.

민혁은 또다시 운동을 해서 칼로리를 소모하기 시작했다.

포만도 옆의 숫자는 어느새 '7/8'까지 올라갔다. 만약 민혁이 먹는 걸 멈췄다면 숫자는 계속 하락했을 터. 하지만 칼로리를 소모하면서 먹었기에 계속 오르는 것이다. 즉, 신 클래스에 가까워지고 있다는 거다.

그리고 바로 그때, 문구 하나가 떠올랐다.

[아르도의 로이나가 민혁 유저에게 바르디 검술 수련을 제안합니다.]

"……!"

박 팀장과 이민화의 눈이 동그랗게 떠졌다.

"하, 하루가 멀다 하고…… 이건 또…… 뭐야."

박 팀장은 이해할 수 없다는 표정을 지었고 이민화는 모니터에 민혁의 게임 화면을 띄웠다. 로이나가 민혁의 앞에 서 있었다.

"팀장님, NPC를 통해 수련해서 얻는 스킬 자체는 같은 등급이어도 더 강하지 않나요?"

"그렇지, 만약 원래 레어 정도라면 유니크 정도 힘을 발휘한다고 보면 되지."

같은 등급이라고 할지라도 가르침을 받았느냐, 스킬북으로 얻은 것이냐에 따라 차이가 생긴다는 거다.

"이젠 스킬까지 좋은 걸 얻네요."

이민화는 박 팀장 모르게 작게 웃었다.

민혁은 의아한 표정을 지을 수밖에 없었다. 갑자기 자신의 앞으로 다가온 로이나. 그리고 그녀가 뱉은 말은 가히 충격적이었다.

"내게 검술 배워보지 않을래?"

"예?"

[로이나 교관으로부터 바르디 검술 수련을 제안받습니다.]

[아르도 초보자 사냥훈련지점과 이스빈 마을을 왕복할 수 있습니다.]

[명성 3을 획득합니다.]

[제안을 수락할 시 스킬 퀘스트가 생성됩니다.]

"특별한 이유는 없어, 조금 적적해서. 또 어제오늘 반복해서 수련하는 걸 보니까 할 거면 수련식으로 하는 게 낫지 않을까 해서."

말은 그렇게 빙빙 돌렸지만 사실이 아니었다. 로이나는 이틀 동안 깨달았다. 어째서 발렌이 그에게 자신의 검을 선물했는지.

'독해⋯⋯. 정말 독한 사람이야.'

독하다. 그리고 자만하지 않는다. 몸을 움직이는 방법도 안다. 그런 민혁을 보면서 로이나는 생각했다.

'나도 이 사람에게 도움을 주고 싶어.'

이상한 일이다. 이 민혁이라는 유저에게서는 기분 좋은 에

너지가 나오는 것 같다. 보고만 있으면 도와주고 싶고 응원하고 싶다.

'발렌 교관님이 인정해서일까?'

그런 생각도 들었다. 확실한 건, 로이나는 그에게 검술을 가르쳐 주기로 마음을 굳혔다는 거다.

"흐음……."

그런데, 정작 민혁이 턱을 문질렀다.

"다, 다른 유저들은 나한테 배우고 싶어서 안달 났거든!"

"으흠……."

"진짜라니까?"

"그래요~?"

민혁이 고민한 이유는 하나다. 그녀가 가르치는 수련 과정. 그 과정이 자신이 운동을 소화하는 양만큼 힘들까? 오로지 먹기 위해서 운동하는 그에게는 지금 바로 강해지는 것은 그닥 중요하게 생각되지 않는다. 또한, 수련의 과정이 녹록하다면 자신은 극심한 공복감을 느낄 것이다.

"힘들어요?"

"'제발 그만 좀 해'라고 외치게 될걸?"

"그럼 배우겠습니다!"

'힘든 걸 좋아하는 놈은 또 처음이네…….'

민혁이 세차게 고개를 끄덕였다.

그러자 퀘스트 창이 떴다.

[퀘스트: 바르디 검술 수련]

등급: D

제한: 없음

보상: 바르디 검술

실패 시 패널티: 로이나와의 친밀도 하락

설명: 검의 천재라 불렸던 로이나. 그녀가 당신에게 직접 검술 훈련을 시켜주겠다고 한다. '수련도'를 1주일 만에 100% 채워라. 그러면 바르디 검술을 사용할 수 있다.

민혁은 고개를 끄덕였다. 곧 좌측 상단으로 '수련도 0%'가 표기되는 게 보였다.

퀘스트는 정말 여러 가지 방식으로 나타나고 다양한 변칙 요소가 존재한다. 어쩌면 이 아테네 세계관에 존재하는 모든 NPC가 고유의 퀘스트를 가지고 있을지도 모른다. 단 하나 확실한 것, 퀘스트는 NPC와의 약속으로 퀘스트를 받은 사람이 그걸 해내면 그 보상은 무조건 주어진다는 거다.

"자, 시작하자."

스르르릉!

로이나의 허리춤에서 청아한 소리를 내며 검이 뽑혀 나왔다.

수우웅!

그리고 그녀가 검을 힘껏 앞으로 찔렀다. 허공이 찢어지며

나는 파공음.

민혁은 감탄했다.

"와……."

"따라 해, 민혁."

"네!"

민혁도 로이나가 한 것처럼 힘껏 검을 찔렀다. 두 사람의 수련이 시작되는 순간이었다.

그리고 두 시간 뒤…….

"제발, 그만 좀 해!"

"……?"

민혁이 할 거라고 했던 말을 로이나가 하고 있었다. 민혁은 그저 의아한 표정이었다.

"무슨 두 시간을 안 쉬고 수련을 하냐! 나도 좀 쉬자!"

"이렇게 안 하면 배고파지거든요. 에헤이, 교관님, 쉬지 말고 계속하시죠. 쉴 시간이 어딨습니까!"

로이나는 숨을 헐떡이며 민혁을 보았다.

'정말 뭐 이런 독종이 다 있어?'

그리고 한편으론 놀랐다.

'무슨 흡수력이…….'

이렇게 사기적이란 말인가? 자신이 가르쳐 준 동작을 민혁은 한 번 배우면 까먹지 않았다. 그리고 그 동작은 눈에 띄게 나아지고 있었다. 스펀지가 물을 빨아들이는 것처럼 엄청난 흡수율이었다. 또한 민혁의 눈은 한없이 진지했다.

'오냐, 누가 이기나 해보자!'

"호오? 로이나가 바르디 검술을 가르쳐 줘?"

발렌은 민혁의 말을 듣고 다소 놀랄 수밖에 없었다.

"그렇습니다. 교관님."

민혁은 요 며칠간 발렌에게 로이나의 말을 전해주고 있었다. 그리고 바르디 검술 수련도를 현재 90% 이상으로 채워냈다. 이제 곧 수련도를 모두 채울 수 있을 것이다.

"오늘은 로이나 교관님이 장미꽃과 함께 여느 때처럼 편지를 보내셨어요."

민혁이 건네는 것을 발렌은 받아 들었다.

'이 녀석……'

꽃을 보며 발렌은 생각했다. 그리고 편지를 확인했다.

[충성. 로이나입니다. 예전에 제 목숨을 구해주셨던 때를 기억하시는지요? 그 일 이후 꼭 한번 식사를 대접하고 싶었습니다. 그래서 곧 민혁이를 통해서 치킨이라는 음식을 보내드리도록 하겠습니다. 그리고 전 교관님이 좋습니다……!]

모든 편지를 읽은 발렌은 고개를 주억이며 작게 웃었다.

"자네, 이제 슬슬 떠나는 거군. 편지 내용을 보니까 알겠어."

로이나의 고백을 받은 발렌은 담담한 표정이었다.

"예, 이제 슬슬 떠나야지요."

"목적을 이뤘나?"

"아니요. 아직 치킨을 못 먹었거든요!"

"오늘 밤에 이룰 수 있겠군."

작게 웃음 지은 발렌. 그 웃음의 의미를 민혁은 몰랐다.

다시 로이나에게로 돌아온 민혁은 수련을 했다.

그리고.

[바르디 검술 수련도 100% 달성]

[바르디 검술을 획득합니다.]

스킬의 등급도 아이템 등급과 동일하다.

민혁은 망설이지 않고 정보를 열람해 봤다.

(바르디 검술)

엑티브 스킬

등급: 레어 / 레벨: 1 숙련도: 0%

소요 마력: 장에 따라 달라진다.

쿨타임: 장에 따라 달라진다.

효과:

- •1장 급소 찌르기
- •2장 두 번 빠른 공격
- •3장 바르디 검술

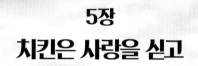

5장
치킨은 사랑을 싣고

검술이라는 것은 여러 가지 공격 방법을 가지고 있다. 때문에 쿨타임이나 소요 마력 등이 몇 장을 펼치는지에 따라 달라진다.

민혁은 하나하나 클릭해서 확인해 봤다.

(급소 찌르기)

엑티브 스킬

검술 종류: 바르디 검술

소요 마력: 20 / 쿨타임: 1분

효과:

• 성공할 시 추가 공격력+15%

(두 번 빠른 공격)

엑티브 스킬

검술 종류: 바르디 검술

소요 마력: 30 / 쿨타임: 1분

효과:

• 한 번의 휘두름이 두 번의 공격이 된다.

(바르디 검술)

엑티브 스킬

검술 종류: 바르디 검술

소요 마력: 50 / 쿨타임: 30분

효과:

• 5분 동안 5대 스텟+7

마지막 바르디 검술은 설명 그대로 하나의 버프 같다고 볼 수 있을 것이다. 나머지 급소 찌르기나 두 번 빠른 공격 자체도 나쁘지 않은 것 같았다.

상대방에게 직접 전수받아 배우는 건 소요 시간이 사람마다 다르다. 사실 바르디 검술은 약 1주일은 넉넉히 잡아야 한다.

하지만 민혁은 단 3일 만에 해냈다.

"나쁘지 않군!"

그 말을 끝으로 민혁은 다시 로이나와 검을 휘둘렀다.

밤이 되었다. 민혁은 로이나가 바르디 검술을 제안했을 때, 이스빈 마을과 왕복할 수 있게 되었다.

하지만 굳이 곧바로 이스빈 마을로 직접 식재료를 사러 가진 않았다. 퀘스트를 끝내고 나서 진짜 맛있는 치킨을 먹기 위함도 있었지만, 로이나가 민혁에게 베푼 것을 딱 내일까지 갖고 갈 생각이었다. 물론.

'치킨도 먹고. 흐흐흐.'

민혁은 로이나와 함께 그녀의 집으로 향했다. 그녀의 집은 발렌의 집보다 훨씬 더 좋았다. 더군다나, 마을에는 NPC들이나 유저들도 많았기에 크게 적적해 보이진 않았다.

"자, 시작해 볼까."

우둑둑-

"너 눈빛이 수련할 때보다 더 진지하다?"

로이나가 그의 눈빛을 보고 흠칫했을 정도.

민혁은 씨익 웃었다.

장은 이미 로이나와 함께 봐 왔다.

'미친…… 치킨집 장사할 일 있어? 뭘 이렇게 많이 사!'

로이나가 타박했지만, 민혁은 묵묵히 음식을 샀다. 닭을 잡으면 아주아주 극소량의 골드가 드랍되고 황금 닭을 잡았을 때 8만 골드 이상을 얻었다. 그 때문에 식자재 사는 데는 충분한 돈이 있었다. 그리고 자신의 식품 보관 인벤토리에는…….

'생각만 해도 좋군!'

비장의 무기도 있었다.

'자, 이제 한번 시작해 보자.'

치킨. 남녀노소 모두가 좋아하는 음식으로 젊은 사람들은 '치느님'이라고 부르는 경우가 많다. 그리고 SNS에서는 '오늘 저녁 치킨 각이냐?' 같은 글도 심심찮게 찾아볼 수 있다. 그 정도로 치킨은 대중적인 음식이었다. 시키기만 하면 뜨끈뜨끈한 치킨이 고소한 기름내를 풍기며 배달되니까.

그리고 간혹 엘리베이터 안에서 배달원 아저씨가 치킨 봉지를 들고 있으면 그 냄새에 취해서 배달시키기도 한다.

민혁은 먼저 화장실로 이동했다.

로이나는 그 모습을 보며 넋을 잃었다. 화장실로 이동하는 그의 손에 커다란 대야가 들려 있었기 때문이다.

큰 대야에 사 온 우유를 콸콸콸 붓고 잘 씻은 닭고기들을 풍덩 풍덩 넣기 시작했다. 잡내를 잡기 위함이다. 시간도 많이 없고 양도 많으니, 30분이 지난 후 꺼내주었다.

가능하면 그 후에 잘 분해된 닭고기에 칼집을 내어주는 게 좋다. 그래야 튀김옷 안의 속살이 야들야들 잘 익을 테니까.

닭 한 마리 기준으로 소금 1/2, 후춧가루 1/2, 생강즙 1스푼 정도를 넣어준다. 생강즙이 없다면 맛술이나 정종, 소주를 조금 넣어줘도 좋다. 그다음에는 조물조물 버무려 준 후, 그 상태로 30분 정도 또다시 기다린다.

이후 밑간한 닭에 종이컵 기준으로 전분 한 컵과 황금 닭이 낳은 계란 두 개를 톡 까서 넣고 마지막으로 카레 가루 1스푼을 넣어주면 잡내를 훨씬 더 잘 잡아주고 카레 특유의 향도 음미할 수 있다. 그 상태에서 조물조물 튀김옷을 버무려 준다.

이것은 닭 한 마리 기준이다. 민혁은 소금을 거의 한 통 사용했고 후춧가루도 비슷하게 사용했다.

이어서 미리 중간 불로 가열시켜 놨던 식용유에 튀김용 젓가락을 이용해 치킨을 집어서 그 안에 하나씩 넣는다.

쇄르르르르-

아아, 폭력적이다. 이 소리는 폭력적인 소리다! 닭고기가 기름에 들어가는 이 소리. 만약 민혁이 오늘 치킨을 먹는다는 걸 확신하지 못했다면 흉포해졌을지도 모를 소리!

치킨이 기름 안에서 춤을 추기 시작했다.

그에 맞춰 민혁의 목울대가 움직인다.

"헤……."

그렇게 웃다가 튀김 색이 황금색으로 노릇노릇 변했을 때, 키친타월 위로 건져내 기름을 톡톡 빼낸다. 민혁은 이 과정을 반복해서 치킨을 만들었다.

입으론 딱딱한 빵을 씹으면서!

"나 잠시 나갔다 올게."

"예, 교관님."

그리고 로이나가 사라졌다.

그렇게 약 2시간이 지났을 때. 로이나가 양손 가득 무언가를 들고 나타났다.

"내가 네 선물로 부드러운 빵을 사 왔는데 말이야……."

그녀가 주방에 왔다가 흠칫했다.

"취, 취사반이니……? 무슨 군인 150인분의 식사를 준비했어?"

주방을 가득 채운 치킨을 보았다.

"오, 발렌 교관님과 같은 반응. 역시 사랑하면 비슷한가 봅니다."

그 말에 로이나의 볼이 붉어졌다.

"그, 그래?"

'후후후후. 내 말발에 넘어오셨군.'

자신이 행한 만행을 말발로 덮어서 막으려는 민혁은 과연 치밀했다.

발렌의 몫 한 마리를 잘 챙기고 자신이 먹을 몫도 식품 보관 인벤토리에 넣어 놨다. 따뜻하게 보관되어 줄 것이다.

민혁은 흐뭇하게 걸음을 옮기려 했다.

"자, 잠깐……!"

"예?"

"너 가다가 다 먹지 마."

흠칫!

그럴 수도 있겠다 싶은 민혁이다.

"알겠습니다."

민혁은 어색하게 웃고는 서둘러 발렌이 있는 곳으로 이동해 치킨 한 마리를 전달했다.

"오, 이게 치킨이라는 음식인가? 냄새가 정말 좋군."

"예. 헤헤, 맛있게 드세요. 아참참."

민혁은 갑자기 든 생각에 걸음을 멈췄다. 그리고 식품 보관 인벤토리에서 꺼낸 것을 내밀었다.

"이건 제 마음입니다. 교관님."

"오…… 자네, 훌륭하구먼."

발렌은 흡족한 미소를 지으며 건네는 것을 받아 들었다.

"오늘은 바로 가나?"

"그럴 생각입니다. 내일 가기 전에 한 번 들리겠습니다."

민혁은 고개를 끄덕였다. 왠지 오늘 민혁은 발렌과 함께 있으면 안 된다고 느꼈다. 그 이유는 하나다.

'발렌 교관님도…….'

그렇게 생각하며 몸을 돌렸다.

치킨을 묵묵히 내려다보던 발렌. 그는 퇴근 시간이 되자 오두막집으로 돌아왔다.

역시나 민혁은 편지도 함께 주고 갔다.

[이렇게라도 분대장님과 식사를 할 수 있어 너무 기쁩니다.]

발렌은 작은 미소를 짓고 몸을 일으켰다.

걸음을 옮겨 서랍장을 열자 그 안에 붉은 꽃이 달린 머리 끈하나가 놓여 있었다. 그는 그것을 들어 하염없이 바라보다가 자리에 앉았다.

푸쉭!

경쾌한 소리가 났다. 민혁이 건네주고 간 것은 다름 아닌 시원한 캔맥주였다.

그는 캔맥주를 입에 가져가 목을 축였다.

꿀꺽꿀꺽-

"크."

예전에 로이나가 분대원이었을 때는 참 안타까웠다.

그녀는 천재였지만 전우들과 어울리지 못했다. 너무 뛰어나서, 그리고 천재적이고 건방졌기에.

로이나가 위험에 빠졌을 때 구해준 후로 그녀의 눈빛이 조금 변한 걸 느꼈지만, 발렌은 크게 신경 쓰지 않았다.

하지만 그로부터 얼마 후. 그녀가 혼자서 수련하는 것을 보고 알게 되었다. 그녀는 천재가 아니라 노력하는 범재였다는 것을. 그때부터 발렌의 마음속에도 작은 감정이 싹트기 시작했다.

그리고 최근 편지를 주고받기 시작한 후로, 작았던 마음이 점점 커지는 것을 느꼈다. 이 머리 끈도 얼마 전 길을 걷다 그녀에게 어울릴 것 같아 자신도 모르게 샀었던 것이다.

머리 끈을 바라보던 그는 곧 결심한 듯 편지를 작성하기 시작했다.

"호우! 호우!"

민혁은 신이 나서 외치고 있었다. 시간이 딱 좋았다. 밤. 그리고 주변에 자라난 잔디와 풀 내음.

민혁은 돗자리를 깔았다. 마치 한강 앞에서 오랜 기다림 끝에 배달원에게 치킨을 받아 들고 친구들 곁으로 뛰어가는 기분이랄까?

민혁은 돗자리 위로 가장 먼저 황금 닭을 이용해 튀긴 닭을 펼쳐놨다. 황금 닭은 워낙 컸기에 꽤 많이 조각낼 수밖에 없었다. 그리고 비장의 무기를 꺼냈다.

바로 맥주였다.

발렌에게도 건넸지만, 치킨엔 역시 맥주다.

푸쉭!

"크, 소리 보소. 어구어구, 요놈 어딜 나오려고."

츄르릅-

민혁은 올라오는 거품을 빠르게 먹어치웠다.

"캬하!"

감탄사를 뱉으며 드디어 치킨의 다리를 들어 올렸다.

꾸울꺽-

절로 침이 넘어간다.

"아아~"

한입 크게 벌려 씹었다.

와사사사삭!

치킨의 첫 번째 묘미는 소리다.

우물우물-

두 번째는 바삭바삭한 튀김옷을 씹는 식감일 거다.

그리고 세 번째. 튀김옷 속에 숨어 있는 뽀얀 속살과 혀가
만나는 것.

"해, 행복해……!"

해맑게 웃은 민혁.

꿀꺽꿀꺽-

거기에 시원한 맥주는 많이 들이켜 주는 게 치맥에 대한 예
의 아니겠는가?

"캬하! 이 맛이야. 이 맛"

치킨에 맥주. 퇴근 후에 적적할 때 먹는 것도 맛있고 친구들과 공원에 가서 돗자리를 펴고 먹어도 맛있다. 또는 집에서 혼자 TV를 보면서 마시는 것도 하나의 묘미일 것이다.

감탄사를 뱉으며 민혁은 치킨을 먹기 시작했다.

그러다 문득 하늘을 올려다봤다. 달이 빛나는 밤이었다.

"흐음~ 치킨은 사랑을 싣고 가는 건가."

민혁은 발렌도 로이나를 마음에 두고 있다는 걸 눈치챘다.

그는 두 교관의 애정 전선에 대한 생각을 하면서 다시 치킨을 먹기 시작했다.

"우-우움, 너무너무 맛있어!"

민혁은 다음 날도 수련 중이었다.

스킬에 붙어 있는 숙련도. 이 숙련도의 경우는 스킬을 자주 사용하거나 스킬 포인트를 얻어서 스킬 레벨업을 시키는 방법도 있지만, 수련을 통해서 숙련도를 올리는 방법도 있다.

확실히 로이나의 바르디 검술은 훈련 강도가 강했고 민혁은 그걸로 포만도를 낮췄다.

그러면서 절로 스킬 숙련도는 상승하고 있었다.

오늘도 어김없이 네 시간을 채웠을 때였다.

[모든 칼로리를 소모했기에 포만도가 0%가 됩니다.]

[다시 음식을 섭취할 수 있게 됩니다.]

[정해진 시간 동안 포만도를 총 네 번 0%로 낮추셨습니다.]

[시크릿 퀘스트 '먹기 위해 노력하는 자'를 완료했습니다.]

[5대 스텟을 5씩 획득합니다.]

[소화 스킬이 레벨업 합니다.]

"……음?"

시크릿 퀘스트? 들어본 것 같다.

아테네에는 E~S급까지의 퀘스트 등급이 풀려 있다. 그리고 그 외의 특수한 퀘스트가 존재한다.

먼저 히든 퀘스트는 말 그대로 숨겨진 퀘스트이다. 그리고 시크릿 퀘스트는 본인도 모르게 퀘스트를 하고 있는 것이고 어느 순간 그것에 도달하면 보상을 준다. 마지막으로 전설 퀘스트. 전설로부터 내려오는 퀘스트 혹은 전설 클래스를 가진 이들이 하는 퀘스트이다.

"내가 먹기 위해 했던 노력이 시크릿 퀘스트라?"

민혁은 웃었다. 그저 자신은 먹기 위해 했을 뿐이니까.

그리고 여러 가지 알림 중에서 가장 관심이 가는 것은 바로 '소화' 스킬이 레벨업 했다는 알림이었다.

(소화)

패시브 스킬

등급: ? / 레벨: 2

소요 마력: 0 / 쿨타임: 0

효과:

- •2배 빠른 칼로리 소모

설명: 운동을 할 때마다 칼로리가 훨씬 빠르게 소모되게 해준다. '운동량'이라는 수치를 표기하며 이는 1시간 동안 일반인들이 평균적으로 운동한 수치를 나타낸다. 그걸 달성할 시 1시간에 2만 칼로리를 소모할 수 있다.

"……!"

민혁의 눈이 크게 떠졌다. 황금 닭을 얻었을 때보다, 발란의 검을 받았을 때보다 더 기쁜 이야기였다.

2배 빠른 칼로리 소모가 이루어진다. 설명에 분명히 적혀 있었다. 민혁은 포만도 0%를 만들기 위해 거의 4~5시간 정도를 수련했다. 이제 그 시간이 2시간으로 단축된 것이다. 이 정도면 충분히 할 만하다.

민혁은 몰랐지만, 그가 노력한 만큼에 대한 시스템의 보상이었다. 하루에 4~5만 칼로리씩 먹고 2시간만 운동하고 모두 소모한다면 이것이야말로 혁신이지 않은가!

'좋다, 좋아.'

민혁은 흡족해하며 몸을 돌렸다.

발렌에게 접시를 찾아온 후, 이스빈 마을로 갈 것이다.

민혁은 발렌에게 접시를 찾아오면서 그가 건네주는 붉은 꽃
이 달린 머리 끈과 편지를 받아와 로이나에게 전했다.

"이거 발렌 교관님이 전해달라고 하십니다."

로이나는 민혁이 건네준 것을 물끄러미 바라보다가 천천히
손을 뻗어 집었다. 머리 끈을 바라보던 로이나는 서둘러 편지
내용을 확인했다.

[네가 하면 예쁠 것 같아 샀다. 이제 내가 식사를 대접할 차
례인 것 같구나, 3일 뒤 19시에 이스빈 마을 입구에서 만났으
면 좋겠다.]

로이나의 입가에 활짝 웃음이 지어졌다. 이성에게 머리 끈
을 선물한다. 이는 생각보다 많은 뜻을 내재하고 있었다.

'당신도 날……'

그녀는 기쁨을 주체할 수 없었다. 그저 편지를 가슴에 묻고
웃어 보였다.

민혁은 그 모습을 어제 튀겨냈던 치킨을 우물거리며 바라봤다.

'이제 남은 건 두 분이 알아서 잘하시죠. 후훗.'

그는 꽤 흐뭇한 표정이었다.

외로운 발렌을 채워줄 사람이 나타났고 그를 좋아했던 사람

은 그 마음을 확인하게 되었다. 누이 좋고 매부 좋으며 민혁은 치킨을 먹었으니 된 것 아니겠는가!

"고맙다, 민혁."

"와구?"

치킨을 먹던 민혁이 그녀를 바라봤다.

"다 네 덕분이야."

어쩌면 영원히 서로가 그 마음만을 간직하고 있었을지도 모른다. 그렇게 말하며 로이나는 부드럽게 웃었다.

이어 그녀는 자신이 챙겨왔던 군용 가방에서 무언가를 꺼냈다. 그것은 검은색 레더 아머였다.

[실프의 레더 아머를 얻을 수 있습니다.]
[명성 4를 획득합니다.]

"감사합니다!"

민혁은 저번처럼 넙죽 받았다.

"확인해 봐."

빙긋 웃은 로이나. 그녀가 길게 자란 검은 머리카락을 뒤로 모아 머리 끈으로 질끈 묶었다.

"헤…… 아름다우십니다."

"……진짜 너 그 입!"

"확인!"

민혁은 로이나가 또 뭐라고 하기 전에 아이템을 확인했다.

(실프의 레더 아머)

등급: 레어

제한: 없음

내구도: 3,000/3,000

방어력: 314

특수 능력:

- 힘+2, 민첩+6
- 바르디 검술 습득자 착용 시 스킬 레벨+1

설명: 로이나 교관의 집안에 대대로 내려져 오던 실프의 힘이 깃든 레더 아머.

특수 능력에 붙어 있는 민첩이 상당히 높은 편에 속했다. 거기에 바르디 검술 습득자는 착용 시 스킬 레벨이 1 상승한다.

민혁은 일정 친밀도에 도달했을 때 혹은 다양한 행동으로 바르디 검술을 습득할 수 있고 그 이상의 친밀도를 로이나와 쌓으면 실프의 레더 아머를 얻는 것이지 않을까 하고 생각했다.

그는 레벨이 1 오른 바르디 검술의 각 장을 확인했다.

(급소 찌르기)

엑티브 스킬

검술 종류: 바르디 검술

소요 마력: 20 / 쿨타임: 1분

효과:

- 성공할 시 추가 공격력+17%

(두 번 빠른 공격)

엑티브 스킬

검술 종류: 바르디 검술

소요 마력: 30 / 쿨타임: 1분

효과:

- 한 번의 휘두름이 두 번의 공격이 된다.

(바르디 검술)

엑티브 스킬

검술 종류: 바르디 검술

소요 마력: 50 / 쿨타임: 30분

효과:

- 5분 동안 5대 스텟+9

두 번 빠른 공격 스킬을 제외하고서는 모든 스킬이 더 좋아졌다. 급소 찌르기는 추가 공격력이 2% 증가했고 바르디 검술은 5대 스텟이 2씩이나 더 상승했다.

"잘 쓰겠습니다. 교관님."

민혁의 말에 로이나가 빙그레 웃으며 입을 열었다.

"꼭 다시 놀러……."

그 말을 끝맺기 전이었다.

[아테네의 신이 당신에게 임무를 하달합니다.]

[민혁 유저에게 두 가지 퀘스트를 제안하시기 바랍니다.]

"……!"

로이나에게 알림이 울렸다.

특별 유저 관리팀 전원이 모여 있는 자리였다. 그들은 진지한 눈빛으로 민혁의 모니터를 확대한 채 확인하고 있었다.

"이제 두 번째 시련이 시작된다."

박 팀장의 말에 모든 사원이 고개를 끄덕였다.

민혁은 어제 시크릿 퀘스트를 완료하면서 말 그대로 포만도 '/10'을 이룩했다.

'두 번째 시련은 가장 가까운 곳에 위치해 있는 NPC에게 받을 수 있지.'

NPC는 이 퀘스트를 무조건 제안해야 한다. 아무리 친하다고 할지라도 위험하게 만들고 싶지 않다고 안 할 수가 없다.

"혹시 두 번째 시련 내용 모르는 사람 있나?"

"없습니다!"

박 팀장의 시선이 이민화에게 향했다.

그녀가 심각한 표정으로 말했다.

"두 번째 시련. 두 개의 퀘스트를 줍니다. 하나의 퀘스트는 사기캐라고 불리는 전설 클래스를 얻을 수 있는 퀘스트입니다. 그리고 두 번째 퀘스트는 보상도 내용도 물음표로 되어 있는 퀘스트를 줍니다."

전설 클래스는 보증된 직업이다. 이제껏 나온 전설 클래스 중에서 강하지 않거나 특별하지 않았던 게 없다. 현 랭커들 중에서 전설 클래스도 상당하다.

"그래, 맞아."

추가 설명을 원하는 박 팀장의 표정을 본 이민화가 덧붙여 설명하기 시작했다.

"이 시련의 의미는 도전입니다. 보장된 직업을 선택하느냐, 혹은 확실하지 않은 물음표를 선택하느냐. 물음표는 꽝일 수도 있습니다. 유저들 사이엔 그렇게 널리 알려져 있기도 하고요."

"그렇지."

박 팀장이 고개를 끄덕였다.

"더군다나, 전설 클래스를 얻는 방법이 무척 쉬운 편에 속한다. 바보가 아니라면, 진짜 강해지고 싶은 유저라면……!"

그가 주먹을 꽉 쥐었다.

"보증 수표를 두고 도전하는 자는 없을 거다."

실제로 그런 경우는 극히 드물었다. 물음표로 표시된 보상
이 꽝인 경우도 많기에 안정적인 퀘스트를 택한다. 그리고 신
클래스의 경우 전설과 다르게 도박적인 경우가 많았다. 정말
신과 같이 말도 안 되는 능력을 갖추거나, 신이 내렸지만 정말
괴상한 능력을 갖추거나 둘 중 하나다.

"이번에는 저 유저가 우리의 예상을 빗나가지 않을 거야. 차
라리……."

그는 말을 삼켰다.

"전설 클래스 버서커를 내주는 게 식신(食神)으로 전직하는
것보다 나을 거야."

"……식신."

그 말을 이민화는 곱씹었다.

'밥만 먹어도 스텟을 올릴 수 있는 사기적인 신 클래스. 저
분에게 너무 어울리는 능력인데…….'

그녀가 모니터 속 민혁을 바라봤다.

[민혁 유저에게 두 가지 퀘스트를 제안하시기 바랍니다.]
[첫 번째 퀘스트. 이스빈 마을의 광전사 브라크니를 찾아가 그

가 말하는 몬스터 사냥하기.]

　[두 번째 퀘스트. 이스빈 마을과 가까운 황혼의 무덤 공략하기.]

　로이나는 해맑게 웃으며 치킨을 먹는 민혁을 보았다.

　'이런 알림은 아주 특별한 경우에 발발한다고 들었어.'

　로이나는 바보가 아니다. 이 알림이 무슨 뜻인지 바로 알 수 있었다. 이것은 시험이다. 그리고 이것은 절대적이다. 아테네의 신의 명령에 따라야만 한다.

　"민혁. 너에게 두 가지 퀘스트를 주려고 해."

　"퀘스트요?"

　"그래, 하나는 이스빈 마을에서 광전사 브라크니를 찾아가, 그럼 그가 너에게 사냥 퀘스트를 줄 거야."

　일단 민혁은 고개를 끄덕였다.

　"그리고 두 번째. 이스빈 마을과 가까운 던전인 황혼의 무덤을 공략해야 해. 이 둘 중 한 가지만 할 수 있고, 둘 중 하나를 해내면 다른 하나는 수행할 수 없게 되지."

　로이나의 말이 끝난 순간 민혁에게 퀘스트창이 떠올랐다.

[직업 퀘스트: 브라크니 찾아가기]

등급: 전설

제한: 없음

보상: 전설 클래스 버서커 전직

실패 시 패널티: 없음

설명: 위대함의 시작. 전설 클래스. 그에 도전하기 위한 첫걸음을 떼기 위해 이스빈 마을에 있는 광전사 브라크니를 만나라.

[직업 퀘스트: 황혼의 무덤 공략하기]

등급: ?

제한: ?

보상: ?

실패 시 패널티: ?

설명: 황혼의 무덤을 공략해라, 뭐가 나올진 모른다.

"……흠."

민혁은 무덤덤한 표정이었다.

"그~렇구나."

그리곤 건성으로 끄덕거렸다.

'난 또 맛있는 거 주는 줄 알았네.'

그런 허무맹랑한 생각을 하는 민혁이다.

"……너 지금 전설 퀘스트 받고 그런 반응이니?"

"아뇨. 기쁩니다. 너무 기뻐서 눈물이 나요. 엉엉. 여기 눈물 보이죠?"

"너 진짜 별종인 거 아니?"

"진짜 눈물 난다니까요, 교관님."

"하품해서 짜지 말고!"

"넵!"

로이나는 자신이 졌다는 듯이 웃어버렸다. 이 밝은 청년에게 도움을 주고 싶다. 로이나는 퀘스트 내용을 예상해 봤다.

'황혼의 무덤으로 가는 것은 먹는 것과 연관된 직업이 분명해, 이 아이는 먹는 걸 가장 큰 행복으로 생각해.'

그런 아이가 버서커를 얻는다고 행복할까? 아니, 아니다.

로이나는 황혼의 무덤에 무엇이 존재하는지 알고 있었다. 그 무덤은 아주 쉬운 던전에 속했다. 그리고 유저들의 입소문을 타고 그 끝에 무엇이 존재하는지 들었다. 직접적으로 말하지만 않으면 되는 것 아니겠는가?

"너 이스빈 마을에 가면 알론이라는 노인을 만나."

"알론이요?"

"그래, 그분을 만나면 맛있는 양갱을 주실 거야."

"야, 양갱……?"

로이나는 고개만 끄덕였다.

민혁의 눈이 커다랗게 커졌다. 전설 클래스를 받았을 때보다 훨씬 더 기쁜 표정!

'머, 먹을 것을 그냥 준다는 것인가?'

양갱도 맛있다. 말랑말랑하면서도 부드럽고 달콤한 그 맛은 입안에서 살살 녹지 않던가. 벌써 침이 츄르릅 나온다.

"이만 가보겠습니다. 교관님!"

"그래, 다음에 또 놀러 와."

"옙!"

민혁은 걸음을 옮겼다. 그가 떠나는 뒷모습을 바라보던 로이나는 픔 하고 웃어버렸다.

"아하하하하, 난 저 녀석이 황혼의 무덤으로 간다에 내 모든 걸 걸지!"

그녀가 의미심장한 말을 했다. 그리고 자신의 머리 끈을 손을 뻗어 어루만졌다.

이스빈 마을에 들어가려고 했던 민혁은 접속한 지 4시간이 지난 걸 확인하고 곧바로 접속을 종료했다.

"여기 방울토마토."

서둘러 사람들이 다가왔다. 민혁은 방울토마토가 담긴 밀폐 용기를 받아 들고 와구와구 먹어치웠다.

다가온 사람 중엔 당연히 오창욱도 있었다.

"초보존 벗어났어?"

"이제 벗어날 겁니다. 제네럴 경!"

"아오……."

창욱의 주먹이 부들부들 떨렸다.

'확 회장님 아들만 아니라면 꿀밤을 먹였을 텐데!'

"형한테 고맙다고 해봐."

"일단 고마워요. 근데 왜요?"

"형이 너 주려고 레어 방어구랑 무기 준비해 놨어. 나밖에 없지? 고마워서 눈물이 나지?"

"저 이미 레어 무기랑 방어구 있는데요?"

"엥? 무슨 소리야."

"레어 무기랑 방어구 있어요."

"초보존에서 레어 방어구랑 무기를 어떻게 얻어? 드랍 자체가 안 되는데."

"NPC들이 주던데요?"

"……웅?"

오창욱의 눈이 크게 떠졌다. 그런 이야기는 준랭커인 그도 듣도 보도 못한 말이었기 때문이다.

'듣기론 이 녀석, 안에서 먹기만 했다고 들었는데 NPC들이 왜 그런 걸 줘?'

NPC들한테서 아티팩트를 받아내는 건 결코 쉬운 일이 아니다. 그들은 똑똑하다. 의도적인 접근인지 아닌지를 알아낸다. 실제 사람과 같다. 때문에 NPC들의 자의로 주는 아이템의 경우는 시스템에 설정되지 않은 경우란 거다.

"그래도 거기서 얻은 레어템이랑 형이 돈 들여서 구한 거랑 잽이 되겠어? 그거 공격력이랑 능력치 불러봐."

"음, 발란의 검은 공격력 211에 힘 4, 민첩 3 증가 옵션이 있고 스킬인 용맹의 일격이…….”

“자, 잠깐만. 뭐라고? 공격력이 몇이라고?”

“공격력 211.”

“……말도 안 돼!”

오창욱의 눈이 크게 떠졌다. 그리고 주변의 아테네를 하는 다른 사람들도 경악한 표정이 되었다.

“어떻게 초보자가 사용하는 검 공격력이 211이야, 그거 제한 없어? 이거 밸붕 아니야?”

레어라고 같은 레어가 아니다. 시스템에 착용 제한이 있는 것은 레벨에 따라 더 강한 공격력을 가진 검을 얻게 하기 위함이다. 하지만 민혁의 레벨에 211의 공격력은 말도 안 되었다. 초보존의 이들이 레어를 가졌다고 가정했을 때 보통 공격력 130 정도를 가지는 편일 거다. 그런데 민혁의 공격력은 너무나도 압도적이었다.

“이거 아이템 제한 없더라고요.”

“…….”

오창욱은 입을 뻥긋거렸다.

“바, 방어구는?”

“실프의 레더 아머. 이것도 레어고 어디 보자…….”

민혁은 기억을 떠올렸다.

“방어력 314에 힘 2, 민첩 6, 그리고 바르디 검술 1레벨 상승.”

“……우와아아아.”

주변에 있던 한 여성이 감탄사를 터뜨렸다. 다른 이들도 마찬가지였다.

"그것도 제한 없고?"

"그렇습니다. 제네럴!"

창욱은 말을 잃었다. 초보자 레어는 보통 방어력이 약 150~180을 웃돈다.

"실프의 레더 아머? 하여튼 넌 뭘 해도 난 놈이라니까, 그보다 아쉽게도 스킬은 못 쓰겠다. 쩝…… 배우지를 않았으니까."

"배웠어요."

"그걸 배웠어? 거기 스킬 상점도 없잖아."

"초보 사냥존 교관님이 가르쳐 주던데요?"

그렇게 말하며 천진난만하게 방울토마토를 와구와구 먹는 민혁이다. 창욱은 할 말을 잃었다.

"게임 안에서 도대체 뭘 하길래……."

"열심히 먹은 거밖에 없는데, 넘나 행복한 것!"

그렇게 외치며 민혁은 씨익 웃었다.

졌다는 듯 양손을 들어 올린 창욱이다.

민혁은 의자에 앉아 방울토마토를 우적우적 먹었다. 그리고 한 손으론 휴대폰을 들었다.

"참, 형. 저 전설 클래스 퀘스트인가 뭔가 얻었어요."

"전설 클래스? 진짜?"

"넵, 실화요."

"그걸 어떻게……."

그리고 창욱은 어느 때보다 더 놀랐다.

"클래스 명이 뭐야, 아니다, 아직 모르려나?"

"버서커요."

"버, 버서커. 클래스명이 밝혀져 있어?"

"네."

클래스명이 밝혀져 있는 경우. 이런 경우는 보통 쉬운 전설 클래스 퀘스트에 속한다. 이미 보상도 모두 알려준 것 아니던가.

"와…… 진짜 대단하다, 대단해."

"좋은 건가?"

"남들은 전설 클래스 하고 싶어도 못해. 최상위 랭커 중에서 전설 클래스가 주를 이룬다고. 이런 말도 있어, 전설 클래스로 랭커 10만 안에 못 들면 등신이다."

"등심 먹고 싶다."

"내 말 듣고 있어? 관심이 1도 없는 표정이다. 전설 클래스 퀘스트 사재기하는 사람들도 있어, 정보만 주면 현금으로 몇 억씩 오간다."

"으흠, 그렇군."

하지만 민혁은 여전히 무덤덤했다. 그러면서 휴대폰으로 전설 클래스 퀘스트를 검색해 봤다.

[님들 저 전설 퀘 대마법사 얻음여, 내 생에 이런 날이 오다니……!]

-콩이똥덩어리: 오…… 어차피 실패함. ㅅㄱ

-밍구존멋: 오…… 실패2222ㅋㅋㅋㅋ

-카카카스: 실패33333.

-뽀로로킹: 제가 대마법산데요?

-ghdgs432: 저새퀴, 사기치다 걸림ㅋㅋㅋㅋㅋㅋㅋㅋㅋㅋㅋㅋㅋㅋㅋㅋ

민혁은 전설 퀘스트에 대해서 검색해 봤다. 확실히 사람들은 전설 퀘스트, 일명 전퀘에 열광하고 있었다. 전퀘를 얻을 수만 있다면 열심히 공부하겠다는 학생도 있었다.

-철수엄마: 이 녀석. 그걸 지금 말이라고 하니?

-철수아빠: 아들아, 공부를 핑계로 게임을 한다는 소리 아니더냐.

-철수누나: 철수. 그런 헛소리하지 말고 가서 라면 하나 끓여 와봐.

-철수형: 그라믄 안 돼~ 그렇게 거짓말하고 그라믄 안 돼~

-철수이모: 우리 철수. 캡슐 뽀샤놨다.

-철수200년전조상님: 크흠, 내 후손 중에 공부 핑계로 게임을 하겠다는 놈이 있다니, 예끼 이놈!

새삼 사람들의 단합력은 대단하다는 생각에 피식 웃었다. 닉네임까지 수정해서 댓글 다는 걸 보면.

민혁은 몸을 일으켰다.

"민혁이 너 전퀘 할 거지?"

민혁은 창욱의 말에 고개를 갸웃했다.

"그걸 왜 해요?"

"왜, 왜 하냐니, 그거 하면 게임 쉽게 하는 거 보증 수표라니까?"

"그거 하는 동안 맛있는 거 못 먹잖아요."

"넌 먹으려고만 게임…… 아. 먹으려고만 하지, 참."

창욱은 그에 멍한 표정이 되었다.

'아무리 그래도 전쾌인데? 전쾌라고!'

"어떤 노인 만나면 양갱 준다던데요. 헤…… 맛있겠다."

"양갱 먹으려고 전쾌를 안 한다고?"

"아니, 형! 양갱 준다니까요? 와, 형 핵노답. 진짜 답답하네, 정말 이해가 안 되는 사람이네요. 어떻게 양갱보다 전쾌일 수가 있지?"

"……."

창욱은 순간 자신을 의심했다.

'그, 그런가? 내가 이상한 건가? 그래, 먹는 게 더 좋은 거지.'

말발에 넘어간 창욱이다. 그러다가 말했다.

"아, 맞다. 이따가 접속할 때 이스빈 마을 중앙광장에서 만나. 알았지?"

"오키도키요!"

"너 머리카락 색깔 같은 것도 바꿨어?"

"살만 100kg 뺐어요."

"그래? 알았다. 암튼. 운동하러 가자."

"예압! 제네럴!"

"제, 제발. 그 제네럴 좀 그만해 줘. 이 앞에 식당 아줌마도 나보고 제네럴이래……."

"음……."

낮은 신음이 지나갔다.

민혁은 현실에서도 계속 운동을 하고 있었다. 게임에서도 그렇지만 현실에서도 게을러지면 안 된다. 그러다 보니 요새 잠을 많이 줄였다. 하지만 즐거웠기에 괜찮았다.

게임에 접속한 제네럴은 곧바로 워프 마법사를 찾아갔다.

"어디로 모실까요?"

"이스빈 마을."

"2만 골드인데, 괜찮으신가요?"

제네럴은 쿨하게 고개를 끄덕였다. 랭커다운 쿨내였다.

[오스틴에서 이스빈 마을로 워프합니다.]

[이용료 20,000골드를 지불합니다.]

밝은 빛이 그의 눈을 감쌌다. 눈을 떴을 때 제네럴은 이스빈 마을의 워프 마법사 앞인 것을 확인할 수 있었다.

워프의 집에서 나온 제네럴은 중앙광장을 향해 걸음 했다.

'살을 뺐다니…… 어떤 모습일지 궁금하네.'

제네럴은 피식 웃었다. 그는 민혁이 날씬했을 때의 모습을 본 적이 없었다. 제네럴은 주변을 걸으며 생각했다.

'사람이 100kg이나 빠지면 도대체 얼마나 변하는 거야? 10kg만 빠져도 엄청난데.'

그렇게 걷던 제네럴은 어느덧 중앙광장 앞에 도착했다.

"고블린 필드 사냥 가실 5~10레벨 파티원 구함. 한 자리 남음여!"

"빨주노초파남보! 보! 보라 물약 팔아요, 열 개 사면 하나 서비스!"

"버프 걸어드립니다. 한 번에 1천 골드!"

"아테네 여친 구해요! 전 열세 살이고 학교에서 불주먹 에이스라고 불려요! 나미 같은 타입 좋아함!"

"야야, 진태야, 나 어제 개 득템함!"

"뭐 얻었는데?"

"유니크 창이다. 보이냐? 개 쩔지."

굉장히 많은 사람이 모여 있었다. 사람이 바글바글했기 때문에 제네럴은 미간을 구겼다.

"어디 보자, 이놈 어딨으려나. 귓말해 볼까."

제네럴은 귓속말 기능을 활성화했다.

[제네럴: 어디야?]

[민혁: 중앙광장요.]

[제네럴: 광장, 어디 쪽에 있는…….]

귓속말을 이으려던 때였다.

툭!

"아, 죄송합니다."

한 사내와 부딪쳤다.

제네럴이 꾸벅 고개를 숙이며 사내의 얼굴을 보았다.

'지, 진짜 잘생겼다……!'

그는 꾸벅 고개를 숙인 사내를 바라봤다.

185㎝의 커다란 키. 날카로운 콧대와 사슴 같은 눈망울. 부
드러운 턱선. 흡사 강동원빈이 이런 모습일까?

'와, 저건 리얼이다. 저 사람 현실에서 모델인가? 어지간한 연
예인보다 더 대박인데?'

오창욱은 원래 유명 연예인들 담당 헬스 트레이너였지 않던
가. 그런 생각을 하며 귓속말 답장을 하려던 때에.

톡톡-

"저기요."

제네럴의 고개가 돌아갔다. 그곳에 조금 전 그 존잘남이 서
있었다.

"충땅! 제네럴 경을 뵙습니다!"

"오, 옴마나……."

왼손에 들려 있는 먹다 만 빵. 장난기 어린 익숙한 목소리.
민혁이었다.

이스빈 마을 입구 앞에서 종료했다가 다시 접속한 민혁은
입구 앞을 지키는 경비병 두 명을 발견했다.

"안녕하세요. 맛있는 걸 먹고 싶은 날이죠?"

"어, 그래. 여행자이군."

"새로운 인사법인가?"

두 사람이 피식 웃었다.

민혁은 로이나가 준 부드러운 빵을 먹으며 이스빈 마을로
들어왔다. 그녀가 준 부드러운 빵은 딱딱한 빵보다 훨씬 더 맛
있었다. 날이 갈수록 한 단계씩 더 맛있는 걸 먹는 것. 그것은
매우 행복한 일이었다.

중앙광장에 도착한 민혁은 다양한 유저들을 볼 수 있었다.

"고블린 필드 사냥 가실 5~10레벨 파티원 구함. 한 자리 남
음여!"

"빨주노초파남보! 보! 보라 물약 팔아요, 열 개 사면 하나 서
비스!"

"버프 걸어드립니다. 한 번에 1천 골드!"

"아테네 여친 구해요! 전 열세 살이고 학교에서 불주먹 에이스라고 불려요! 나미 같은 타입 좋아함!"

파티 사냥을 가기 위해 파티원을 구하는 이와 자신이 만든 물약을 파는 연금술사로 보이는 유저도 있었다. 그리고 친구끼리 게임에서 만나는 사람들도 보였다.

"야야, 진태야, 나 어제 개 득템함!"

"뭐 얻었는데?"

"유니크 창이다. 보이냐? 개 쩔지."

다양한 사람들이 있는 이스빈 마을은 활기가 넘쳤다. 또한, 길거리에는 유저들뿐만이 아니라 NPC들도 나와서 무언가를 팔고 있었다.

"도착하셨으려나."

유저들 틈에 파고든 민혁은 주변을 두리번거리며 제네럴을 찾았지만 보이지 않았다. 그러다 반투명한 홀로그램 창이 떠오르며 메시지가 떴다.

[제네럴: 어디야?]

아테네에서는 귓말이라고 생각하고 누구한테 보낼지 지정하면, 자신이 속으로 생각하거나 내뱉은 내용이 그대로 입력되어 홀로그램에 입력된다.

[민혁: 중앙광장요.]

첫 귓말을 해보고 민혁은 신기하단 생각을 했다.

그렇게 한눈을 팔던 중.

툭!

누군가와 어깨를 부딪쳤다.

"아, 죄송합니다."

상대방이 더욱더 빠르게 반응했다.

그를 보고 민혁은 멈칫할 수밖에 없었다. 자신을 보고 눈을 떼지 못하며 동공 지진을 일으키는 사내. 그 사내의 목소리도 얼굴도 알았다. 바로 제네럴이었다.

곧 제네럴이 시선을 떼고 자신의 갈 길을 가려 했다. 뒷모습을 바라보는 민혁은 제네럴 특유의 걸음걸이를 볼 수 있었다. 제네럴은 오랫동안 헬스를 해왔기에 일반인들과 조금 다르게 걸었다. 가슴을 쭉 펴고 걷는다고 해야 할까?

'창욱이 형이다, 근데 왜 그냥 가지?'

그렇게 생각한 민혁은 서둘러 그의 뒤에 따라붙었다. 그리고 톡톡 그의 어깨를 두들겼다.

'흐……. 제네럴 경을 드디어 뵙는군.'

그런 생각을 할 때 사내가 고개를 돌렸다.

"충떵! 제네럴 경을 뵙습니다!"

"오, 옴마나……."

"응?"

민혁은 그가 화들짝 놀라자 고개를 갸웃했다. 제네럴은 상당히 놀란 표정을 짓고 있었다.

"이, 이거 정말 아무것도 손 안 댔어?"

"손을 대요? 아테네는 얼굴 손대는 건 불가능하잖아요."

"그, 그럼 이게 정말 네 얼굴이란 말이지?"

"네."

"와아아아, 민혁이 인마!"

제네럴이 갑자기 그를 껴안았다.

"요새 이 동네에 게이들이 있다더니……."

"그거 알아요? 소문에는 저 우락부락해 보이는 사람이 여자 역할이래요."

"……!"

유저들이 슬금슬금 물러나는 걸 그 둘은 몰랐다.

제네럴은 잠시 민혁을 껴안고 방방 뛰어댔다.

"읍, 형 왜 그래요."

"야, 너 대박 잘생겼잖아! 와하하하, 강민혁. 너 진짜 잘생겼다고!"

"그건 저도 아는데요."

"대에박. 진짜 안 긁은 복권이었네! 하하하하하!"

그가 진심으로 기뻐해 주자 민혁도 웃음이 났다. 누군가 자신의 외모를 칭찬해 주는 일이 너무 오랜만에 있는 일이었기에.

사람들의 손가락질? 사실 두렵지 않았다. 자신이 그렇게 태어나고 싶어서 태어난 게 아니니까. 폭식 결여증을 원해서 가진 게 아니니까.

하지만 단 한 가지가 걸렸다.

아버지. 그리고 아버지 밑의 사람들. 그 사람들이 자신을 볼 때 어떠한 반응을 보일지, 안 봐도 뻔했다.

아버지는 말했다.

'넌 내 자랑스러운 아들이야, 눈에 넣어도 아프지 않아. 난 너를 한 번도 부끄러워한 적이 없어!'

하지만 민혁은 아니었다.

아버지에게 자랑스러운 아들이 되고 싶었다. 하지만 그러지 못했다. 자연스레 밖으로 나가지 않게 되었다.

그런데 지금 자신과 친한 형이 말한다.

정말 잘생겼다고. 너무 잘생겼다고.

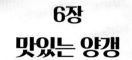

6장
맛있는 양갱

'정말 살만 빠지면 된다…….'

그런 생각을 하다가 두 사람이 많은 유저들 사이를 헤치고 나왔다.

"진짜 적응 안 된다."

"저도 형 모습 적응 안 되네요. 햐…… 진짜 제네럴 같네."

제네럴은 붉은 갑주를 착용하고 번들거리는 검을 허리춤에 차고 있었다. 알기론 클래스가 골든 나이트라고 들었다.

히든 클래스인 골든 나이트는 일반 클래스의 기사나 전사들과 함께 싸울 때 버프 효과를 준다고 한다. 그 때문에 제네럴이 꽤 이름 있는 길드의 부마스터라고 들었다.

"그것보다 뭐 필요한 거 없어? 골드랑 템 좀 싹 다 한번 맞춰 줄까?"

"템은 이거면 만족해요."

민혁은 자신이 입은 것을 바라봤다.

그에 제네럴도 납득했다.

"하긴, 그 정도면······."

돈으로 구할 수도 없는 거다. 제한 없음에 저 정도 능력치들이라면 아마 민혁이 꽤 레벨이 될 때까지 써도 괜찮을 것 같다.

"그럼 골드 줄까? 지금 아예 없지? 아직 초보자여서 골드도 그렇게 많이 들진 않을 거야. 일단 200만 골드 줄게."

200만 골드. 굉장한 거액이었지만 제네럴은 거침없이 손을 뻗었다. 악수를 하면 트레이드 기능이 발동되기 때문.

그 손을 물끄러미 바라보던 민혁이 고개를 저었다.

"에휴, 역시 안 되겠다."

"엥? 뭐가?"

"제힘으로 먹고 싶은 걸 먹겠어요."

"이거 200만 골드면 지금 네가 먹고 싶은 거 당장 다 먹을 수 있어. 원하는 건 정말 다 먹을 수 있다니까?"

그 말에 민혁은 쓴웃음을 지었다.

"그래서 안 된다는 거예요."

"그래서 안 된다고?"

"형, 전요. 음식의 소중함을 알아요. 누구에겐 일상과 같은 한 끼가, 배가 고픈 어린아이들에겐 정말 간절히 원하는 것일 수도 있어요."

"……"

"누군가에겐 얼마 안 하는 스테이크가 어떤 학생에겐 애인을 위해 용돈을 모아서 준비하는 식사가 될 수도 있고요."

"그렇지."

어딘가의 아이들은 지금도 배고픔에 허덕이며 죽어가고 있다. 누구에게는 흔하지만, 누구에게는 닿지 않는 게 음식이다. 바로 현실 속 민혁처럼.

"그 소중한 음식을 뷔페처럼 저 돈 많다고 이것저것 막 먹고 싶지 않아요. 정말 제대로, 맛있게 먹고 싶어요. 제힘으로."

"……그러냐?"

제네럴은 부드럽게 웃었다. 사람마다 어떻게 음식을 먹고 싶어 하는지는 다르니까. 그건 민혁의 자유이니까.

"하나만 말할게."

제네럴이 빙긋 웃었다.

"넌 ×발, 진짜 멋있는 내 동생이다."

부모의 덕을 볼 수도 있었다. 하지만 민혁은 혼자 해냈다. 공부도 과외 선생도 없이 시키지 않았는데, 1등을 해냈고, 사람들이 그만 쉬어도 된다 해도 운동했다. 모두 혼자서 해냈다. 그랬기에 민혁이 진짜 멋진 놈이라는 거다.

"그리고 형."

"응?"

"저 서둘러 가봐야 합니다."

민혁이 똥 마려운 강아지처럼 안절부절못했다.

"야, 양갱 먹어야 함요!"

다시 평소의 장난기 어린 모습으로 돌아온 민혁. 그가 몸을 돌려 움직였다.

그 모습을 뒤에서 바라보던 제네럴이 피식 웃었다.

"매일 먹던 음식이 누군가에겐 다르게 다가갈 수 있다."

참 멋진 말이다.

그가 손을 흔들며 뛰어가는 민혁을 보며 중얼거렸다.

"꼭 해냈으면 좋겠다. 형도 멋진 동생 옆에 데리고 나가서 시선 집중 좀 받아보자, 짜샤."

진심으로 그를 응원하는 제네럴이었다.

민혁은 주변 유저들이나 NPC들에게 묻고 물어 알론이 있는 위치를 알 수 있었다. 알론은 양갱 상점을 운영하고 있다고 했다. 아주 조그맣고 초라한.

그리고 유저들은 말했다.

'알론이라는 NPC를 만나려고요? 저는 비추합니다. 저 붙잡혀서 두 시간 동안 이야기 들음요. 말이 너무 많아.'

'양갱? 그런 걸 왜 먹어요?'

'그 사람 무쓸모 퀘스트 줘요. 밤을 얻어오면 밤양갱을 준다나, 뭐라나. 그런 것도 퀘스트라고.'

유저들은 양갱이라는 것에 흥분한 민혁을 이해하지 못했다. 확실히 양갱은 호불호가 갈리는 음식이다.

하지만 민혁의 기억 속에는 좋은 기억으로 남아 있다. 할머니가 살아 계시던 때, 할머니는 아버지 같은 부자 아들을 두고 계셨음에도 검소하셨다. 그리고 민혁이 놀러 올 때마다 서랍에서 아끼고 아꼈던 양갱을 꺼내어 입에 쏙 넣어주곤 했다. 그때 느꼈던 팥의 달콤함, 입안에서 녹는 촉감.

"헤……."

민혁은 침을 꿀딱 삼키고는 서둘러 걸음을 옮겼다.

곧이어 아주 작은 상점이 나타났다. 이름은 '맛나양갱'.

이렇듯 아테네 안에선 현실의 것들이 많이 판매되곤 했다. 그것 또한 게임을 즐기는 묘미일 테니까. 그리고 맛나양갱 앞에는 잘 포장된 양갱들이 진열되어 있었고 판매대 앞에는 사람이 없었다.

"저기요~"

민혁이 설레는 마음으로 불렀다. 곧이어 안쪽에서 중년의 남성이 나왔다.

"혹시 길을 물으려는 건 아니겠지?"

"아닙니다."

"그럼 혹시 내게 히든 퀘스트 같은 걸 기대하는 손님인가?"

"그것도 아닙니다!"

"그럼?"

"양갱이 먹고 싶어요!"

"……!"

알론의 눈이 크게 떠졌다. 맛있는 먹을거리가 천지에 널리고 널렸다. 때문에 사실 맛나양갱은 파리만 날리는 상점이었다! 그는 반갑게 판매대 앞에 섰다.

"그래? 후후, 요새 젊은이들이 이런 음식 잘 안 찾는데."

빙긋 웃은 알론은 곧이어 양갱 하나를 깠다.

"직접 만드신 건가요?"

"그럼. 모두 내 손을 거쳐서 완성되었지."

그다음 양갱을 칼로 잘라 민혁에게 건넸다.

"시식용일세. 사람들은 양갱을 거들떠보지도 않지. 하지만 난 자신하네!"

그는 가슴을 쭉 펴고 당당하게 말했다.

"내가 직접 만든 이 양갱을 먹으면 그런 말 못 할 거라고! 자, 이제 자네가 먹어봄세!"

그에 민혁은 시식용 양갱을 받았다.

마치 도토리묵처럼 탱글탱글하고 검은색으로 번들거린다.

입으로 조심스럽게 가져가서 천천히 씹었다. 달콤한 팥 맛이 입안 가득 퍼진다. 부드럽게 입안에서 녹아내린다. 혀를 굴릴 때마다 느껴지는 달콤함에 절로 미소가 감돌았다. 예전에 할머니가 주셨던 맛. 그걸 느끼는 것 같다.

거기에 알론의 양갱은 정말 맛있었다!

"와……! 진짜 맛있어요!"

"하하, 자네 정말 맛있게 먹는군!"

[알론과의 친밀도가 상승합니다.]

알론은 그가 미소를 지으며 먹는 모습에 자신도 모르게 웃게 되었다. 그런 그에게 알림이 들려왔다.

[민혁 유저가 양갱을 맛봤습니다.]
[E급 퀘스트. 밤 50개 모아오기를 제안할 수 있습니다.]

양갱 시식은 퀘스트로 이어지게 된다.

애초에 유저 중에서 양갱을 맛보려는 이는 많이 없었기 때문에 시식 자체가 충족 요건이었다. 그리고 사실 이 퀘스트 자체가 보상이 후한 편은 아니다.

'해내면 밤양갱을 주지.'

그리고 이런 알림이 뜨면 NPC는 적당한 때를 봐서 퀘스트를 제안하면 된다. 마음에 안 드는 놈이면 안 주면 그만이고.

알론이 민혁에게 말했다.

"자, 이제 몇 개나 드릴까?"

"……!"

민혁은 아차 했다. 로이나가 말했던 건 아마도 시식용 양갱을 준다는 말 같았다.

'그래도 로이나 교관님은 내게 이렇게 맛있는 양갱을 먹을 수 있게 알려주셨어!'

민혁은 흐뭇하게 웃었다.

"가격이 얼마인가요?"

"한 개에 1,000골드."

조금 가격이 비싼 감이 없지 않았다. 딱딱한 빵이 500골드에 한 개이니까. 아마 그래서 장사가 더 안되는 모양이었다.

하지만 민혁은 말했다.

"2만 골드 치만 주세요!"

황금 닭을 잡고 재료를 샀던 것을 제외해도 남은 돈이 좀 있었다.

"……!"

그 말을 들은 알론은 놀랐다. 20개. 꽤 많은 양이다.

"어디 선물할 건가?"

"아뇨. 제가 다 먹을 겁니다."

알론은 속으로 웃음을 지었다.

"수제 양갱이라 보관 기간이 그리 길지 않네. 20개 정도면 일주일 내로 다 먹는 걸 권장하지."

"오늘 다 먹을 겁니다. 너무너무 맛있어서 다 먹을 수 있을 것 같아요!"

"그렇게도 맛있나? 하하하, 내 인심 썼다. 다섯 개 더 얹어주지!"

"감사합니다!"

자신의 음식을 사랑해 주는 사람.

이것만큼 기쁜 일이 있겠는가?

[양갱 25개를 구매합니다.]
[20,000골드를 사용합니다.]

자신의 손에 놓인 양갱의 포장지를 그 자리에서 뜯은 민혁은 와구와구 먹어치우기 시작했다.

"자네 같은 청년 보기가 쉽지 않은데 말이야. 양갱을 그렇게 행복하게 먹다니……."

그리고 유저들이 말했던 모터 수다가 발동된 듯싶었다. 민혁은 떠날 만도 했지만 떠나지 않았다. 왠지 더 사 먹을 것 같아서였다.

"나는 예전에 연금술사로 활동했었지, 그러다가 말이야……."

"그렇군요!"

민혁은 이야기를 들어주며 양갱을 먹었다. 귀찮을 법도 했지만 맛있는 양갱을 먹고 있으니, 꼭 그렇지도 않았다.

그러다 이어지는 수다 속에서 민혁이 고개를 갸웃했다.

"예전에 황혼의 무덤이라는 곳도 갔었지. 병사들을 따라 함께 갔었던 곳인데, 그곳에서 말이야……."

'황혼의 무덤?'

민혁은 기억을 떠올렸다. 물음표로 되어 있는 퀘스트를 하는 곳 아니던가?

"그리고 보스 몹이 아주 특이한 놈이었어."

"특이한 놈이요?"

"그래. 놀라지 말게."

그는 손가락 하나를 들어 올려 기대감을 증폭시키고 말했다.

"돼지였네."

"……예?"

잠깐. 순간 민혁은 자신이 잘못 들었나 싶었다.

"뭐라고요?"

"보스가 돼지였다고."

"……!"

민혁의 손이 부들부들 떨렸다. 순간 양갱을 놓칠 뻔했다.

민혁이 자신이 들고 있던 먹을 걸 놓칠 뻔하다니! 얼마나 놀랐는지를 대변해 주는 것 아니겠는가?

그 정도로 민혁은 많이 놀랐다.

"안심! 등심! 목심! 갈비! 삼겹살의 그 돼지요?"

"그래, 그 돼지. 자네 왜 그렇게 놀라나?"

민혁은 순간 알론의 목소리가 귀에 들어오지 않았다.

상상만 해도 끝내줬다. 가장 먼저 상상되는 건 뭐니 뭐니 해도 삼겹살이었다. 잘 달궈진 불판 위로 삼겹살을 올린다.

치이이이익-

그 소리를 들으며 된장찌개 하나와 공깃밥 하나를 시킨다. 고기를 다 익힌 후에 싹둑싹둑 자르고 상추 위에 삼겹살을 올리고 밥을 조금 얹는다. 그다음 마늘에 쌈장을 발라 그 위로 잘 올린 다음, 기호에 따라 잘 익은 김치나 파무침, 명이나물 등을 올린다. 마지막으로 입속에 가져가 먹으면…….

꾸울꺽-

민혁은 자신도 모르게 넋 나간 표정으로 입안에 쌈을 넣는 제스처를 취했다. 그리고 입안에 실제로 그 녀석이 없다는 것에 진심으로 안타깝다는 표정을 지었다.

"크……. 끝내주지."

돼지는 정말이지 버릴 게 없고 해 먹을 수 있는 요리가 무궁무진하다. 그런 돼지가 황혼의 무덤 끝에 있다?

"돼지! 돼지! 돼지!"

민혁이 자신의 목적지를 결정짓는 순간이었다.

그러다 우뚝 멈췄다.

'설마 교관님은 내가 돼지를 먹을 수 있게 도와주신 건가?'

갑자기 로이나의 은혜가 너무나도 고맙게 느껴지는 순간이었다. 아마 수다꾼 알론의 입에서 항상 황혼의 무덤에 관한 이야기가 나왔었나 보다.

그런 생각을 하며 민혁은 씨익 웃었다.

알론은 돼지 돼지 노래를 부르는 민혁을 보며 말했다.

"자네, 돼지고기가 먹고 싶어서 황혼의 무덤에 가려 하는가?"

"옙."

"돼지고기는 정육점에도 많이 판다네."

"그런 것과 제가 직접 노력해서 먹는 맛은 다르죠!"

민혁이 밝게 웃었다.

그 말에 알론은 고개를 갸웃했다가 말했다.

"자네 레벨이 몇이지?"

"1입니다."

"안타깝게도 레벨 1이면 황혼의 무덤에 들어갈 수 없다네."

띠로리-

청천벽력 같은 이야기였다.

7장
제안

"네에에에에?"

민혁의 먹자 인생에 위기가 찾아온 순간이다.

"황혼의 무덤은 레벨 10부터 들어갈 수 있고 15레벨 제한이 있거든."

"그, 그런가요…… 크흠……."

잠깐의 실망감. 하지만 그러면서도 민혁은 여전히 양갱을 양껏 취하고 있었다. 우물거리면서 시무룩해진 민혁. 알론은 그 모습을 보다가 안쪽에 들어가 우유 1L짜리를 가지고 나와 유리컵에 따라줬다.

"자, 너무 시무룩해하지 말고. 이것 좀 마시게. 내가 원래 이렇게 후한 사람이 아닌데."

그가 컵을 내미는 순간. 본능적으로 민혁의 손은 우유 팩

쪽으로 향했다.

"저, 저도 모르게 그만……!"

더 많은 우유를 탐하고 싶었던 것이다. 그에 너털웃음을 흘린 알론은 그 우유를 통째로 줬다.

"자, 괜찮으니 다 마시게."

꿀꺽꿀꺽— 민혁은 단숨에 우유 1L를 들이켰다. 이렇게 양갱과 우유를 함께 먹어도 금상첨화다.

"레벨업을 해야겠어……."

그러면서도 중얼거렸다. 그에 알론은 지금이 제격이라고 생각했다.

"그럼 자네, 내가 부탁하는 것 좀 들어줄 수 있겠나?"

"네?"

"이쪽 루마드 산에 가면 '밤깨비'라는 녀석들이 있거든. 그 녀석들을 잡으면 '밤'을 얻을 수 있지. 그것 좀 가져다주겠나?"

[퀘스트: 밤 50개 모아오기]

등급: E

제한: 알론 양갱 섭취자

보상: 밤양갱 50개, 20,000골드

실패 시 패널티: 알론과의 친밀도 하락, 더 이상 양갱을 사 먹을 수 없음

설명: 알론의 양갱을 시식해야만 할 수 있는 퀘스트. 그는 밤양

갱의 장인. 하지만 밤이 없어서 만들지 못하고 있다. 밤깨비를 사냥해 밤을 가져다주어라.

"밤?"

밤은 가시가 많이 난 송이에 싸여 있는데, 구워 먹거나 쪄 먹기도 하며 다양한 요리 재료로 쓰이기도 한다.

예를 들어 '밤 닭볶음탕'을 해 먹어도 맛있을 것이다.

민혁은 꽤 많은 양의 닭고기를 식품 인벤토리에 보관해 놨다. 두고두고 먹기 위함이다.

거기에 보상으로 있는 밤양갱. 부드러운 양갱 속 안에서 씹히는 밤 알맹이. 상상만 해도 기분 좋은 맛이다.

"사냥해서 레벨업도 하고 밤양갱도 먹고 좋지 않나?"

"오, 그런 것 같습니다!"

"그리고 밤은 퀘스트를 내게 받지 않으면 얻을 수 없고 꼭 50개뿐만 아니라 100개를 가져오면 두 배 보상을, 200개를 가져오면 네 배 보상을 준다네."

민혁은 고개를 세차게 끄덕였다. 레벨 10을 만들어 돼지를 먹고, 그전엔 밤양갱과 직접 얻은 밤을 첨가한 요리를 해 먹거나 혹은 굽거나 쪄 먹는 거다.

"한데 주의할 게 있네, 밤도깨비는 생각보다 강하다는 거야. 주의하지 않으면 그 뾰족한 가시에 죽을 수도 있어. 자네 레벨에 비해선 꽤 강할 걸세."

"할 수 있습니다. 헤헤. 그리고……."

"음?"

알론은 민혁이 밝은 미소를 보이며 손을 내미는 걸 볼 수 있었다.

"5천 골드 치 추가요!"

"컥, 버, 벌써……! 자네 하마인가?"

25개를 먹는데 40분이 채 걸리지 않은 민혁이었다.

민혁은 5천 골드 치 양갱을 추가로 구매하고 몸을 돌려 알론이 가르쳐 준 밤깨비 사냥터로 걸음 했다.

그 뒷모습을 보며 알론은 생각했다.

'밤깨비 왕을 사냥하면 퀘스트 보상이 바뀌지 아마? 음…… 에이, 그건 말도 안 되는군. 저 친구 1렙인데.'

그러면서 지나가는 유저 한 명을 발견했다.

"이보게, 양갱 하나 시식하고 가지."

산에 오른 민혁은 다른 유저들이 코빼기도 보이지 않는다는 걸 알 수 있었다. 대신에 그 앞에는 경비병 한 명이 순찰을 돌고 있었다.

"자네, 밤깨비를 사냥하려고?"

"넵, 그렇습니다."

"그렇군. 보통 밤깨비는 파티 사냥을 하는데, 자네 레벨이 10 정도 되었나 보군."

"1인데요?"

"……돌아가게."

"에?"

민혁은 의아한 표정을 지었다.

당황한 표정의 민혁을 본 경비병 한스는 한숨을 쉬었다.

'제대로 알아보지도 않고 오는 놈투성이라니까.'

"밤깨비는 4레벨이지만 같은 레벨과 비교해서도 강해. 맷집은 약하지만, 공격력이 6레벨은 될 정도라고. 1레벨이면 한 대 맞으면 죽겠군."

"아아…… 걱정해 주셔서 감사합니다!"

"그래."

한스는 순진무구하게 웃는 모습이 그래도 말은 잘 듣는 녀석이다 싶었다. 그래서 추가로 덧붙였다.

"더군다나, 이 사냥터는 밤깨비들이 레벨에 비해 경험치나 아이템을 적게 줘서 이방인들이 오지 않지. 다른 데로 가는 게 좋을 거야."

"그건 괜찮습니다."

하지만 민혁은 경비병을 지나쳤다.

"자, 자네, 내 말이 우습나?"

경비병 한스의 임무는 이렇듯, 멋모르는 자들에게 바른 사냥터를 안내하는 거다. 민혁에게 어울리는 사냥터는 1~4레벨 유저들이 쉽게 잡을 수 있는 코볼트 바위가 있는 지점이다.

"아닙니다. 제가 경비병님을 무시하다뇨!"

"3~5레벨부터 만들고 유저들과 파티를 맺고 오도록 하게. 보아하니, 아직 한 번도 제대로 된 사냥을……."

그 말이 끝나기 전이었다. 민혁은 밤깨비를 발견했다.

밤깨비는 말 그대로 가시가 돋은 밤의 몸에 짧은 다리와 팔이 붙어 있었다. 그리고 손은 손가락이 없어 둥그렇다.

"깨비깨비!"

밤깨비가 요란한 울음을 흘린다. 그리고 놈을 보자.

'맛있는 밤!'

민혁의 귀에는 더 이상 한스의 말이 들려오지 않았다.

밤깨비는 다행히도 먼저 공격하는 선공형 몹은 아니었다.

"꼭, 저런 말 안 듣는 유저들이 있게 마련이지."

한스는 쯧 하는 혀 차는 소리를 냈다.

[바르디 검술]
[5분 동안 5대 스텟이 9 상승합니다.]

그 순간.

스르르릉!

민혁의 허리춤에서 검이 뽑혀 나왔다. 그리고 이어 밤깨비에게 검을 힘껏 휘둘렀다. 그러자 검에 붉은빛이 맺혔다.

[용맹의 일격]
[일격에 20%의 공격력이 추가됩니다.]

확실히 경비병의 말처럼 위험할지도 모른다는 생각이 들었다. 그 때문에 민혁은 바르디 검술까지 사용해서 밤깨비를 향해 달려들었다.

푸화아앗!

"쿠헥!"

곧이어 밤깨비가 허무하게 쓰러졌다. 단 한 방에.

"……헉!"

한스는 놀란 토끼 눈이 되었다.

"어, 어떻게?"

그러거나 말거나 민혁은 알림을 들을 수 있었다.

[레벨업 하셨습니다.]
[밤 3개를 획득합니다.]

밤은 퀘스트를 받았기에 민혁이 따로 손을 뻗어 습득하지 않아도 얻을 수 있었다. 그리고 민혁은 손을 뻗어 밤깨비가 떨어트린 것을 주웠다.

[61골드를 획득합니다.]
[밤깨비의 가시를 획득합니다.]

"음?"

민혁은 미간을 구겼다. 닭도 약 50골드는 줬는데, 일반몹이 60골드라? 민혁은 고개를 갸웃했지만, 곧 인벤토리에 있는 밤을 보고 흐뭇하게 웃은 후 스텟창을 열람했다.

"스텟창."

(민혁)

레벨: 2

직업: 무직

HP: 230 MP: 200

힘: 19+11 민첩: 15+14 체력: 15+5

지혜: 15+5 지력: 15+5 명성: 10

포만도: 100%/10

보너스 포인트: 5

민혁은 남아 있는 스텟을 힘에 3, 민첩에 2를 투자했다. 닭을 손질할 때 느꼈다. 힘이 좋아야 손질도 더 쉽다는 걸.

그리고 민혁은 자신의 스텟을 보면서 생각했다.

'진짜 다른 유저들보다 높긴 하네.'

일반 스텟도 높은 편에 속했지만, 추가로 오르는 아이템에 의한 스텟도 매우 높은 수준에 속했다. 거기에 바르디 검술과 용맹의 일격을 함께 사용하니, 한 방이 가능했던 것 같다.

어쩌면 스킬 사용을 하지 않아도 가능할지도 몰랐다.

"자네 1레벨 아니지, 그렇지?"

"1레벨 맞습니다. 아, 이제 2구나."

"……."

한스는 멍한 표정을 지었다. 군더더기 없는 깔끔한 동작. 그리고 발 빠른 움직임.

'난 놈일세.'

어떻게 스텟을 그렇게 올렸는지는 모르지만 이런 생각이 들었다.

"자네를 무시했던 건 미안하게 생각하네, 내 생각보다 훨씬 더 강자였구먼."

한스는 그러면서도 헛기침을 했다. 경비병인 그도 강해지는 비결을 알고 싶었다. 1레벨에 이 정도 실력이라면 정말 뭔가 특별한 비법이 있지 않겠는가?

"그래서 말인데, 혹시 비결이 있나?"

"흠……."

민혁은 잠시 낮은 소리를 흘리더니 말했다.

"밥 잘 먹고 운동 열심히 하면 됩니다."

"그, 그게 끝인가?"

그 말에 경비병은 멍한 표정이 되었다. 민혁은 몸을 돌려 빠르게 밤깨비 사냥을 위해 움직였다. 경비병에겐 거짓처럼 들렸지만, 민혁에겐 사실이었다.

민혁은 밤깨비 사냥터의 이점을 생각해 봤다.

'유저가 없어.'

그 의미는 간단하게 해석할 수 있다. 몹이 넘쳐 흐른다. 그리고 자신은?

'밤깨비가 한 방이야.'

심지어 선공 몹도 아니다.

그럼 뭐겠는가? 여기 있는 밤깨비들을 독식할 수 있다는 거였다.

[바르디 검술]

우우우우웅-

민혁의 몸으로 힘이 깃들었다. 용맹의 일격과 함께 사용하지 않고 바르디 검술만 사용해도 사실상 밤깨비는 한 방이 가능했다. 아마 이마저도 민혁의 레벨이 올라가면 바르디 검술

없이도 가능하리라.

민혁은 빠르게 주변의 밤깨비들을 사냥하기 시작했다.

푸직!

"크헥!"

푸확!

"꿰!"

사냥은 쉬웠다. 그리고 민혁은 노련했다.

사실 실제 몬스터라고 해서 민혁도 두렵지 않은 건 아니다. 하지만 먹을 것에 대한 집념의 버프 효과로 두려움을 조금 잊었고 그 후론 너무나도 수월했다.

[레벨업 하셨습니다.]

[레벨업······.]

순식간에 7레벨을 달성한 민혁이었다.

이번에도 역시 힘에 15 민첩에 10을 투자했다.

(민혁)

레벨: 7

직업: 무직

HP: 248 MP: 200

힘: 37+11 민첩: 27+14 체력: 15+5

지혜: 15+5 지력: 15+5 명성: 10

포만도: 100%/10

보너스 포인트: 0

거기에 밤도 벌써 100개나 모았다.

퀘스트 달성 알림을 들었지만, 민혁은 계속 모았다. 이유는 왕창 쌓아놓고 남은 걸 두고두고 먹기 위함이다. 알론의 말에 따르면 밤을 얻는 건 퀘스트가 끝나면 불가능하니까.

그때.

"꺅!"

여성의 비명이 들렸다.

잠시 의아한 표정을 지었던 민혁이 소리가 들린 방향으로 발걸음을 빠르게 옮겼다.

국내 랭킹 12위. 게임 속에서 번뇌의 마녀 알리샤라고 불리는 그녀의 현실 이름은 바로 이지아였다. 이지아는 자신의 앞에 놓인 방울토마토와 샐러드를 보며 한숨을 쉬었다.

'내가 게이머인지, 연예인인지.'

어떻게 보면 연예인 같기도 하다. 현 아테네의 랭커들은 연예인급의 인기를 누리니까. 거기에 이지아처럼 웬만한 배우들

뺨을 때리는 외모라면 더 할 말이 있겠는가? 그녀는 요즘 연예인들 뺨치는 인기를 누비고 있다.

길게 기른 검은색 머리카락에 호수같이 커다란 눈, 오뚝 솟은 코, 갸름한 턱선과 티 하나 없는 하얀 피부. 그리고 몸매 또한 완벽했다지만 이 몸매가 어디 그냥 나왔겠는가? 대충 오물오물 방울토마토를 씹어 넘긴 이지아는 캡슐을 바라봤다.

'빌어먹을……'

얼마 전 그녀는 비공식 랭커에게 패했고. 그때 깨달았다.

'난 근접전이 약해도 너무 약해.'

그녀의 직업은 마법사였지만 요샌 마법사도 근접전에 어느 정도 대항할 필요가 있었다.

거기에 그녀는 아테네 이전의 게임인 베르사르의 최상위 랭커였고 그곳에선 빛의 기사였기에 마법사여도 근접전에 자신이 있었다. 그런데 아니었다. 그것을 알게 된 그녀는 부캐로 근접전 연습을 하기 시작했다.

본래 아테네는 부캐라는 시스템 자체가 없다. 하지만 그녀는 아테네 클로즈베타를 시행할 당시 가장 높은 레벨에 도달했기 때문에 부캐를 생성할 수 있는 특혜가 부여되었다. 덕분에 부캐로 연습을 할 수 있었고, 그녀는 캐릭터를 '키웠다', '삭제했다'를 반복했다.

사실 이지아는 요새 뭔가 부족하다고 느끼고 있었다. 아무리 게임을 해도 처음 시작했을 때처럼 즐겁고, 열정이 느껴지지 않았다. 그래서 초심으로 돌아가기 위해 이런 행동을 반복하게 된 것이다.

캡슐로 들어간 그녀가 게임을 실행했다. 선택한 캐릭터는 오늘 새로 만든 캐릭터로 이름은 아르민. 그녀는 아이디가 두 개이기에 특별히 얼굴까지 완전히 바꿀 수 있었다. 덕분에 사람들의 관심을 피할 수 있다는 것이 부캐로 훈련하는 또 다른 이유 중 하나였다.

게임에 접속한 그녀는 빠르게 허수아비 타격지, 사냥훈련지점을 거쳐 이스빈 마을로 갔다. 그리고 자신의 기억대로 움직였다.

'여기 초반엔 밤깨비 사냥터가 어려웠지?'

남들이 꺼리는 곳. 경험치도 짜고 템도 짠 곳이었다. 대신 몹이 많았다.

시간적인 효율을 비교했을 때, 그런 곳이 더 낫다. 몹이 많아서 실력만 받쳐주면 레벨업이 빠르니까. 그리고 자신보다 레벨이 높은 상대를 잡아야 좋지 않겠는가?

그렇게 생각한 그녀는 밤깨비 사냥터로 이동했다.

푸슉!

"꿱!"

밤깨비는 확실히 레벨 대비 강했다. 하지만 한때 신의 컨트롤. 줄여서 신컨이라 불렸던 그녀에 비할 바는 못 되었다.

푸화앗!

그녀는 빠르게 밤깨비를 사냥하며 순식간에 4렙을 찍었다.

'너무 쉬워.'

그런 생각을 하던 때였다. 우거진 수풀 속. 그곳에서 거대한 밤 하나가 떠올랐다. 그 밤은 가시 껍질이 벗겨진 열매 밤이었다. 정확히 말하면 한 몬스터 머리 위에 있는 그것이 녀석이 몸을 일으킴과 함께 떠오른 거다.

곧이어 그녀는 볼 수 있었다. 밤깨비의 세 배 크기. 오크보다 조금 작은 녀석이었다.

"밤깨비 왕?"

그녀가 미간을 구기더니 자신이 쥔 무기를 내려다봤다.

'목검······.'

목검으로 15레벨 밤깨비 왕을 잡을 수 있을까?

'도망칠까?'

아니, 11레벨 차이. 또한 목검이라고 할지라도 도전해 보는 게 좋을 것 같다. 그래야 성장할 수 있다고 생각했다.

그런 생각을 한 그녀는 녀석을 향해 달려들었다.

퐈핫!

"쿠핫!"

목검이 놈의 목을 가격했다. 하지만 잠깐 휘청할 뿐, 녀석의 팔이 휘둘러진다.

둘의 공방이 계속되었다. 확실히 과거 빛의 기사였던 아르민이다. 빠르게 거리를 좁히며 놈을 압박한다.

퐈핫! 퐈핫!

목검으로 가격할 때마다 후두둑 놈의 가시가 날아오른다.

'무슨 HP가 이렇게 높아!'

그런 생각을 할 때였다. 밤깨비 왕이 거리를 좁혔다.

푸홧!

곧 녀석의 팔이 그녀의 몸을 훑고 지나갔다.

푹푹푹푹!

날카로운 가시가 몸 곳곳을 파고들었다.

"꺅!"

작은 비명에 밤깨비 왕이 다가온다.

[HP가 20% 미만입니다.]

"……빌어먹을."

한 방에 HP가 다 깎였다. 레벨 4이니 무리도 아니다.

바로 그때. 수풀에서 한 사내가 나타났다. 그리고 사내는 밤깨비 왕의 머리 위에 달려 있는 커다란 밤을 보더니 눈을 크게 떴다.

"대, 대왕밤이다……!"

'뭐야, 저 사람.'

"대빵만 한 밤이에요! 저런 밤 봤어요? 우와! 저건 찌기도, 굽기도 힘들겠다. 우와! 우와! 우와!"

그는 연신 우와만 외쳐댔다.

"도와줄 거예요, 말 거예요!"

"……도와주면 저 밤 내가 가져도 돼요?"

아르민. 그녀는 저런 눈빛을 본 적이 있었다.

'최소 에픽 템 얻을 때 눈빛인데…….'

그 눈빛이 밤깨비 왕 머리에 달린 밤을 보며 나타났다.

"가져도 돼요, 렙 몇인데요?"

그녀는 다가오는 밤깨비 왕을 보며 팔을 이용해 뒤로 기어가고 있었다.

"7요."

"미쳐……."

그녀는 휴 하는 한숨을 쉬었다. 저 밤에 미친 사람(?)과 자신은 한 세트로 죽겠구나.

"저 가져도 되는 거죠? 스틸이다 뭐다 하지 마요."

"레벨 7이 밤깨비 왕을 어떻게……!"

[바르디 검술]

[5분 동안 5대 스텟이 9 상승합니다.]

스르릉-

발란의 검이 뽑혀 나왔다.

타핫!

민혁이 빠르게 거리를 좁혔다.

'빠, 빠르다……!'

레벨 7? 말도 안 되는 속도다. 그뿐만이 아니었다. 빠른 속도로 밤깨비 왕의 옆구리를 향해 파고든다.

'마치 오랫동안 훈련한 선수 같아……!'

그런 생각을 할 때.

[용맹의 일격]

[일격에 20%의 공격력이 추가됩니다.]

"크헤에에엑!"

밤깨비 왕이 비명을 지르며 가시 여러 개가 허공으로 치솟아 올랐다.

부우우웅!

밤깨비 왕의 팔이 사내를 잡기 위해 움직인다.

그 순간 민혁의 눈이 빛났다.

[급소 찌르기]

[성공할 시 공격력 17%가 추가됩니다.]

민혁의 눈에 밤깨비 왕의 급소 세 군데가 보였다. 이 세 곳중 하나를 찌르지 못하면 공격력 추가 효과는 얻지 못하리라. 민혁은 정확하게 밤깨비 왕의 급소라고 나타난 배 밑부분을 힘껏 찔렀다.

[17%의 공격력이 추가됩니다.]

뿌드드드득!

"크하아악!"

'정확해…… 수천 번, 수만 번 찔러본 사람처럼…….'

검도를 수년 하면 저렇게 될까?

그런 생각을 하던 찰나. 천천히, 아주 천천히 밤깨비 왕이 허물어졌다.

쿠우우웅!

민혁은 밤깨비 왕의 머리를 쳤다.

푸직!

그리고 이어.

[레벨업 하셨습니다.]

[레벨업 하셨습니다.]

"우오오오오오! 내 머리통만 한 밤 개이득!!"

밤깨비 왕의 머리 위에 들려 있던 그 밤을 하늘 높이 치켜들고 소리를 질러댔다. 민혁은 기분이 좋아도 너무 좋았다. 생각지도 못한 대왕밤을 얻었기 때문이다.

"님님, 바밤바를 삼행시로 하면 뭔지 알아요?"

그녀는 멍한 표정으로 그를 보고 있었다.

"바밤바, 밤 맛 나는, 바밤바!"

"……."

"죠스바는 뭔지 알아요?"

"……."

"죠스바, 스윽 꺼내 보니, 바밤바!"

'미친 사람이 분명해……!'

그녀는 한숨을 쉬며 생각했다.

민혁은 밤을 갖고는 콧노래를 부르며 사라지려 했다.

"템 가져가요. 좋은 거 나왔네."

선공은 아르민이 했다. 사실 이런 경우 굉장히 애매해져 유저들 간의 트러블이 발생하기 쉽다. 하지만 그녀에겐 저 정도 아티팩트는 산처럼 쌓여 있다.

"템까지? 밤 주신 것만 해도 엄청난 은혠데……!"

'누가 들으면 에픽 템 준 줄 알겠네.'

"어차피 저한텐 큰 쓸모 없어요."

"넵!"

민혁은 준다는데 마다하지 않고 챙겼다.

[밤깨비 왕의 세련된 가시를 획득합니다.]

[밤깨비 왕의 목걸이를 획득합니다.]

[26,431골드를 획득합니다.]

그러고 보면 레벨업 소리도 두 번이나 들렸다. 벌써 9렙이다. 이제 1렙만 하면 이곳을 벗어날 수 있을 것이다.

민혁은 일단 밤깨비 왕의 목걸이를 확인했다.

(밤깨비 왕의 목걸이)

등급: 레어

내구도: 1,000/1,000

방어력: 40

특수 능력:

• 체력+4

• 밤깨비 가시 방어력+100

설명: 밤깨비 왕을 사냥하면 희귀한 확률로 떨어진다.

등급은 레어에 속했다. 밤깨비를 사냥할 때 방어력이 추가 상승하고 기본적으로 체력, 방어력이 올랐다.

목걸이 방어력이 갑옷보다 현저히 낮은 이유는 액세서리형 아티팩트이기 때문이다. 이러한 아티팩트는 방어력이 낮은 대신 특수 능력이 좋은 편이었다.

그다음 밤깨비 왕의 세련된 가시를 확인했다.

(밤깨비 왕의 세련된 가시)

재료 등급: D

특수 능력:

• 무기 제작 시 추가 공격력 획득

설명: 밤깨비 왕의 세련된 가시. 퀘스트 아이템으로도 쓰이며 상점에 팔 수 있다.

"좋아 좋아."

민혁은 흡족한 표정을 지으며 수풀로 사라졌다. 그가 사라진 자리를 보며 아르민이 힘겹게 몸을 일으켰다. 그리고 근처에 있는 나무에 등을 기댔다.

"초보자 회복."

[10레벨 미만 유저를 위한 초보자 회복 시스템이 활성화됩니다.]

10레벨 전의 유저들의 경우 편의시설이 무척 많다. 이렇듯, 휴식을 취해주면 HP가 저절로 회복된다.

가시를 뽑아내 바닥에 버린 아르민은 상처에 빛이 스며들며 천천히 회복되는 걸 볼 수 있었다.

'저 유저, 어떻게 저렇게 강한 거지?'

의문이었다. 저 레벨에 전설 클래스라도 얻은 건가?

'아니, 그렇다고 하기엔 스킬이 너무 평범해, 그것보다 저렙

에 저런 스킬이나 아티팩트가 말이 되나?'

그런 생각을 하면서도 다른 생각도 들었다.

'아티팩트가 아무리 좋아도 저 정도 움직임이 나오는 게 말이 안 돼.'

아르민은 랭커 중에서 실제 현직 운동선수들을 많이 보았다. 아테네는 가상현실게임인 만큼 컨트롤도 매우 중요하다. 그리고 민혁의 실력은 그런 랭커들을 볼 때와 흡사했다.

'휴⋯⋯. 모르겠다.'

그녀는 편안히 머리를 나무에 기대었다. 어차피 밤깨비 왕을 빼면 이곳에 있는 녀석들은 전부 선공하지 않는다.

그녀는 휴식도 취할 겸, 잠깐 잠에 빠져들었다.

눈을 떴을 땐 한 시간 정도가 지나 있었고, 회복도 모두 끝나 있었다.

'내가 좀 더 노련했다면 밤깨비 왕을 잡을 수 있었을 텐데⋯⋯. 너무 마법에만 의존했어. 정말⋯⋯.'

그녀는 입술을 깨물었다. 자책하고 질타한다. 어쩌면 그게 아르민의 성장 방식일지도 몰랐다. 그리고 바로 그때.

수우우웅-

그녀는 의아한 표정을 지었다. 이 소리는 병장기가 허공을 가르는 소리가 분명했다.

아르민은 걸음을 옮겼다. 수풀을 지나자 아까 전의 그 유저가 검을 휘두르고 있었다.

'……수련?'

그녀는 다소 놀란 표정을 지어 보였다.

'누가 시키지 않아도 수련하고 있는 거야?'

그녀는 둔탁한 무언가에 머리를 쿵 하고 맞은 듯한 기분이었다. 유저는 땀을 뻘뻘 흘리면서도 검을 열심히 휘두르고 있었다.

'저 행위가 비효율적인 걸 알 텐데…….'

허수아비 타격을 제하고 일반적인 수련은 스텟 상승효과가 없다. 물론 검술과 같은 걸 반복하면 숙련도가 오르긴 하지만 그 시간에 몬스터 한 마리 더 잡아서 10레벨이 되었을 때부터 주어지는 스킬 포인트를 투자하는 게 훨씬 낫다.

'근데 왜……. 호, 혹시……!'

그녀는 깨달았다.

'저런 반복적인 수련을 통해 성장한 건가? 꼭 스텟이 오르지 않아도 괜찮다는 거야?'

그렇게 생각할 수밖에 없다. 스텟이 오르지 않아도 수련은 결국 실력을 갈고닦게 해준다는 거다.

'아아…….'

그녀는 입술을 깨물었다. 고렙이 된 후로 초심을 잃었다.

그러고 보면 자신도 과거에 쓸데없이 마법을 반복해서 사용하며 숙련도를 올리곤 했다.

'저 유저는 지금 피나는 훈련 중인 것.'

아르민은 그를 묵묵히 숨어서 지켜봤다. 그리고 운동이 끝난 후 민혁이 호흡을 고르며 말하는 것을 들었다.

"후…… 현실 가서는 5시간만 운동하고 쉬어야지."

'혀, 현실로 돌아가서 5시간?'

경악할 수밖에 없었다. 저 유저 정체가 뭐란 말인가.

'역시 강함은 그냥 가질 수 있는 게 아니었어……!'

고렙이라고 완벽한 건 아니다. 사람은 제각각이고 저렙이라고 할지라도 배울 게 있는 사람이 존재한다.

그때 민혁이 또다시 뭔가를 준비하기 시작했다. 버너와 냄비, 생수를 꺼낸 후 인벤토리에서 추가로 꺼낸 것은 다름 아닌 닭고기였다.

'응?'

그녀는 고개를 갸웃했다.

"흐흐……. 밤 닭볶음탕!"

밤의 달콤하면서 감자 같은 식감이 닭볶음탕 양념과 만나면 꽤 좋은 조화를 이룬다.

민혁은 그 자리에서 밤 닭볶음탕을 만들기 시작했다. 이어서 다섯 마리의 닭을 요리한 민혁은 즐거운 미소로 와구와구 먹어치우기 시작했다.

그녀의 코를 향해 그 냄새가 흘러들어 온다.

'마, 맛있겠다…….'

츄릅!

그녀는 자신도 모르게 입가에 묻은 침을 닦아냈다.

'오늘 현실에서 뭘 먹었더라?'

방울토마토 한 주먹과 샐러드, 해독 음료가 다였다.

'와, 진짜 맛있게 먹는다. 우와…… 아니, 아니, 그걸 한입에 넣다니!'

그녀는 감탄했다.

그리고 이어 닭이 딱 두 마리가 남았을 때쯤.

'어떻게 저렇게 맛있게 먹을 수가 있는 거야?'

그녀의 몸이 무의식적으로 움직였다. 그것은 정말 무의식이었다.

"저, 저기……!"

수풀을 헤집고 나온 그녀. 그녀가 말했다.

"저, 저도 한 입만 주시면 안 돼요?"

"……?"

민혁은 수풀을 헤집고 나온 여성 유저를 보며 의아한 표정을 지었다.

"저, 저도 한 입만 주시면 안 돼요?"

그 말에 민혁은 갈등했다.

'크흑, 두 마리 남았는데, 여기에 밥 여덟 공기 넣고 밥 비벼 먹으면 좀 모자랄 수도 있는데.'

밥만 먹고 레벨업 1

하지만 그녀는 아까 자신에게 커다란 밤을 흔쾌히 허락했다. 그뿐만이 아니다. 아이템도 모두 주지 않았던가.

"알았어요. 그럼 조금만……."

"감사합니다!"

그녀가 빠르게 민혁 앞에 마주 앉았다. 그리고 큼지막한 닭다리를 집어 들었다. 그다음.

"와아아앙, 와구!"

크게 뜯었다.

'마, 맛있어……!'

밤의 달콤한 맛이 양념에도 잘 배어 있기 때문인지 양념 맛이 기가 막혔다. 거기에 닭을 얼마나 야들야들 잘 익혔는지 질기지도 않았다.

우물우물-

그리고 다시 크게 뜯어 게 눈 감추듯 먹기 시작했다. 그러면서도 민혁에게 말했다.

"나 알았어요."

"뭘요?"

"그쪽 분이 레벨 대비해서 어떻게 그렇게 강한지. 매일매일 반복 수련하는 거죠? 더 강해지고 싶어서."

민혁은 고개를 갸웃했다.

'소화시켜야 맛있는 걸 먹어서 하는 건데?'

하지만 굳이 그걸 말할 필요성은 느끼지 못했다.

"현실에서도 운동 안 하는 사람 천지인데, 당신 정말 대단한 것 같아요. 그래서 당신에게 제안하고 싶은 게 있어요. 그전에 제가 누구인지부터 밝힐게요."

그녀는 결심했다. 사실 정체를 밝힌다고 큰 탈이 나는 것도 아니다. 또 이 캐릭은 언제든 지우면 그만.

"전 번뇌의 마녀. 알리샤라고 해요."

그렇게 말하면서 그녀는 생각했다.

'아마 깜짝 놀랐겠지?'

국내 랭킹 12위, 번뇌의 마녀. 그녀는 자신에 대한 자존감이 높았다. 아니, 사실 그녀 정도면 그럴 만했다. 민혁의 눈이 휘둥그레질 거라고 그녀는 생각했다.

하지만 곧 민혁이 닭 날개를 입에 넣고 오물오물하더니, 뼈만 쏙 빼냈다.

"뼈만 쏙 빼내는 마술! 번뇌의 마녀시라니, 그~렇~구~나~"

"……안 놀랐어요?"

"노올랐어요. 아, 가슴이 쿵! 하고 내려앉았다."

그녀는 덤덤한 반응에 의아한 표정을 지었다.

"아, 아니. 정말 제가 번뇌의 마녀라고요!"

"누가 아니래요? 휴, 너무 놀라서 가슴이…… 잠깐. 동작 그만!"

팟!

민혁이 그녀의 손목을 잡아챘다.

'그러고 보니 이 남자, 엄청 잘생겼다.'

아르민의 가슴이 자신도 모르게 작게 뛴다.

그리고 민혁이 진지한 목소리로 말했다.

"얻어먹으면서 남은 닭 다리 세 개 중에 두 개를 먹으려고 해요? 와, 사람 그렇게 안 봤는데요?"

"……."

멍한 표정으로 민혁을 보는 아르민.

'내 정체보다 닭 다리가 더 중요해……?'

민혁은 진심으로 빈정이 상한 표정이었다. 부릅뜬 눈과 조금 씩씩거리는 숨소리. 그 기세에 그녀는 자신도 모르게 사과했다.

"미, 미안해요."

"흥, 알면 됐어요. 다음부턴 닭 다리 조심해요."

민혁은 그렇게 말하며 슬쩍 닭 다리에 손을 뻗어 입에 가져가 와구와구 먹었다.

그 모습을 본 아르민은 피식 웃음이 났다.

'이게 뭐야…….'

사람들은 자신과 악수 한번 하고 싶어 난리였다. 톱스타인 아르민은 어딜 가도 관심이 집중됐고 그게 지속되는 게 정말 힘들었다. 편하게 밖에 나갈 수도 없고 흔한 일상을 즐길 수도 없다. 그러다 보니 보통 집에만 틀어박혀 운동하고 책을 읽으며 시간을 보내야 했다.

정말 지옥 같았다.

'이 사람은 먹는 게 이렇게 좋을까?'

눈앞에 있는 사내의 식탐이 경이로우면서도 갑자기 이런 생각이 들었다.

마법사를 선택했던 이유. 그 이유를 곰곰이 생각해 보면 즐거워서였다. 사실 그녀는 빛의 기사를 할 때 즐겁다는 느낌을 받지 못했다. 그리고 현재 번뇌의 마녀라 불리면서 마법을 사용할 때마다 그때와 다른 짜릿함을 느끼곤 했다.

"사실 제가 제안하려고 했던 건 저희 길드 '아르테온'에 들어오라는 거였어요."

하지만 민혁의 이목은 오로지 먹을 것에 있었다. 민혁은 닭볶음탕을 끝내고 또 다른 냄비에 짓기 시작했던 밥을 푸기 위해 냄비 뚜껑을 들었다.

"후뚜뚜뚜."

그러곤 밥을 퍼서 닭볶음탕 양념에 잘 비볐다.

아르테온. 현존하는 국내 길드 중 네 손가락에 꼽히는 곳으로 길드장은 번뇌의 마녀 알리샤. 현재 아르민인 그녀였다.

'스스로를 갈고닦을 줄 아는 사람, 그리고 이 레벨에 이토록 강한 사람.'

분위기라는 게 있다. 그녀는 사람을 볼 때 이 사람이 높은 곳에 설지, 아닐지가 보이곤 했다. 그런데, 이 앞의 남자는 수련을 할 때부터 지금까지 그 이상의 느낌을 주고 있었다.

그녀는 피식 웃었다.

'관심도 없으시네.'

남들이 들으면 정말 경악할 거다. 사실 아르테온은 들고 싶어도 못 드는 길드였다. 세간에는 현금으로 몇천만 원을 상납해야지만 들어갈 수 있다는 루머도 돌 정도였다.

민혁은 와구와구 먹다가 흘끔 아르민을 보았다. 아르민은 민혁이 밥을 비벼 먹는 걸 보며 멍한 표정으로 침을 꿀꺽 삼키고 있었다.

"한 숟가락은 허락해 드리죠."

"그, 그럼 조금만……."

아르민은 어느샌가 이 사내에게 동화된 자신을 발견할 수 있었다. 사내가 건네준 숟가락을 건네받았다. 양념과 잘 비벼진 밥 사이사이에는 잘 으깨진 밤들도 보였다. 그것을 크게 떠서 입안 가득 넣었다. 달짝지근한 양념과 밥이 어울려 절로 미소가 떠올랐다.

"해, 행복해……."

"음식을 먹는 것만큼 행복한 게 있겠어요?"

"맞아요. 전 현실에서 하루에 방울토마토와 샐러드 조금, 사과 반 조각씩 먹거든요."

그 말에 민혁은 잠시 멈췄다. 자신만 하겠느냐마는 민혁은 배고픈 자의 마음을 누구보다 잘 알았다.

"에잇, 그럼 두 숟가락 더 먹어도 돼요, 와, 인간 민혁. 식탐 많이 죽었네!"

그에 아르민은 빙긋 웃었다.

"근데 당신은 저나 아르테온 제의엔 관심 없고 먹는다는 것에 더 관심이 많은 것 같아요. 보통 사람이라면 제 제안에 기뻐했을 텐데……."

"꼭 길드에 들어야 재밌나요? 고렙 되고 좋은 템 끼고 사람들한테 우와~ 소리 들어야?"

"예?"

"전 먹는 게 즐거워서 게임하는 거예요. 자기가 재밌게 해야지, 남들이 고렙 추구한다고 따라가고 지존 길드라고 들려고 하고. 그게 무조건 재미의 길은 아닌 것 같은데."

그 말을 들은 그녀는 눈을 꿈뻑이며 민혁을 보았다. 그러다 문득 생각했다.

'그래……. 재밌자고 하는 게 게임인데…….'

언제부터였을까. 직업이 되어버렸다.

재밌기 위해, 즐겁기 위해 하는 게 게임인데. 굳이 수련할 필요가 있을까? 앞의 사내처럼 하고 싶은 걸 한다는 거. 그게 즐거운 거 아닐까?

"맞는 말만 하시네요."

그녀는 빙긋 웃었다.

어느새 두 사람의 식사가 끝나고 민혁과 아르민이 몸을 일으켰다.

"그럼 전 더 맛있는 걸 찾기 위해 이만……."

민혁이 몸을 돌리려던 때였다. 아르민이 머뭇거리다 말했다.

"저하고 친추할래요?"

"흠……."

"나중에 맛있는 거 사드릴게요."

"당장 거시죠!"

"지금 말고 본캐로 들어가면 걸게요. 오늘 닭볶음탕 고마웠어요~"

그녀는 부드럽게 웃었다.

곧이어 민혁이 먼저 걸음을 옮기다가 휙 돌아봤다.

"참고로 저 밥 먹으면 혼자서 100인분은 먹습니다. 나중에 밥값이 집값만큼 나왔네 하지 마요."

"풋. 네네, 괜찮아요."

마지막까지도 웃음이 나는 사람이다. 혼자서 100인분? 말도 안 되는 소리 아니겠는가? 어느새 민혁은 사라졌고 그 자리를 보며 아르민은 고개를 끄덕였다.

'그래, 내가 하고 싶은 거.'

희한한 곳에서 깨달음을 얻은 그녀였다.

[레벨업 하셨습니다.]

드디어 10레벨을 찍었다.

민혁은 밤깨비 왕을 잡고 얻은 10포인트와 추가로 얻은 5포인트를 체력과 민첩, 힘에 고루고루 투자했다.

(민혁)

레벨: 10

직업: 무직

HP: 343 MP: 200

힘: 42+11 민첩: 32+14 체력: 20+9

지혜: 15+5 지력: 15+5 명성: 10

포만도: 100%/10

보너스 포인트: 0

벌써 밤은 약 200개 정도 모았다.

밤깨비는 3~4레벨이었다. 그래서 사냥할수록 경험치를 얻는 양이 줄어들었다. 그나마 민혁의 사냥속도가 워낙 빨랐기에 이토록 금방 10레벨을 달성할 수 있었던 것이었다.

그러던 중이었다.

[알리샤 님께서 친구를 제안합니다.]

[네/아니요]

"네."

민혁은 고개를 끄덕였다.

그러자 친구창에 알리샤의 정보가 떠올랐다.

[알리샤/마법사/412레벨]

"오…… 진짜네?"

그녀가 자신을 알리샤라고 했을 때 속으로 아주 조금 놀랐다. 그녀가 워낙 유명해야 말이지.

하지만 믿을 수 없었다. 아테네는 부캐라는 의미 자체가 없었다. 캐릭터를 추가로 생성할 수 없기 때문이다. 그런데 자신을 알리샤라고 하니 민혁은 의아했다.

거기에 더해 민혁은 폭식 결여증에 걸리기 전에는 유명인사들을 자주 접했기 때문에 일반 사람들처럼 그렇게 놀라진 않았다.

그리고 아르테온 길드 가입 제의도. 사실 민혁은 마음만 먹으면 그런 길드는 충분히 들어갈 수 있다. 그의 뒤에는 아버지가 있기 때문이다. 민혁은 원한다면 아버지의 지원을 받아 엄청난 템, 고렙들의 지원, 막대한 골드. 모두 가질 수 있다. 하지만 민혁에게 중요한 것은 폭식 결여증 치료, 즉 먹는 재미였다.

만약 길드에 속한다고 해도 민혁은 제네럴이나 혹은 지인의 길드에 들지, 굳이 아는 사람도 없는 아르테온에 들고 싶지 않았다.

"가만, 그러고 보니 제네럴도 친구 추가해야 하는데."

그걸 깜빡하고 있었다.

'어디 보자, 친구 추가 제안이……'

곧이어 민혁은 친구 검색창을 발견했다.

제네럴을 입력하고 그가 가르쳐 주었던 코드 번호를 눌렀다. 닉네임에는 각 코드 번호라는 게 존재했고 그로 인해 아테네는 닉네임 중복 사용이 가능했다. 코드까지 입력하자 '친구 제안'이 활성화되었다. 민혁은 버튼을 눌렀다.

[제네럴 님과 친구가 되셨습니다.]

친구가 되자 곧바로 제네럴에게 귓속말이 왔다.

[제네럴: 이열~ 친구 추가도 할 줄 알아? 우쭈쭈쭈.]

[민혁: 저 이런 사람임여. ㅇㅇ]

[제네럴: 양갱은 드셨는가.]

[민혁: 먹음여, 존맛탱……]

[제네럴: 그래서 지금 어딘데?]

[민혁: 이제 마을로 돌아가려고요. 그것보다 저 방금 번뇌의 알리샤라는 유저 만났어요.]

[제네럴: 또, 또. 형이 거짓말하고 다니지 말랬지.]

[민혁: 초보렙 같은데, 자기가 알리샤라더니, 갑자기 저하고 친구하고 싶다네요. 밥 사준다고.]

[제네럴: 알리샤가 아니라, 얼리샤 아니냐 ㅋㅋㅋㅋㅋㅋ]

[민혁: 진짜 알리샤던데요? 레벨이 412이던데?]

[제네럴: ······그거 진짜야?]

[민혁: 네, 진짜입니다.]

[제네럴: 와······ 미쳤······! 번뇌의 알리샤가 친구를 하자고 했다고? 그 사람 좀 차가운 거로 되게 유명한데? 아니, 대체 뭔 짓을 했길래, 알리샤가 친해지자고 하냐?]

[민혁: 열심히 먹었을 뿐······.]

민혁도 고개를 갸웃했다. 정말 자신은 열심히 먹고 소화시킨 게 끝이니까.

[민혁: 아르테온? 거기도 제안하던데요. 근데 안 감요.]

[제네럴: ······거길 왜 안 가, 가면 겁나 빵빵하게 지원해 주는데!]

[민혁: 뭐 길드가 중요한가. 사실 그 사람이 친구 제의했을 때 망설였어요, 닭 다리 양심이 없는 분이셨음.]

[제네럴: 닭 다리는 또 뭐야, 아무튼 아테네는 인맥 많이 알면 좋아. 진짜 좋은 인맥 얻었네. 축하한다.]

'축하받을 정도의 일인가?'

다른 유저들의 관점에서 봤을 때, 그럴 수도 있겠다 싶은 민혁이다.

[제네럴: 형, 사냥 중이라 이따가 귓말할게. 즐아하삼.]
[민혁: 넵, 즐아여!]

귓속말을 종료하고 민혁은 산을 하산하며 생각했다.

'나중에 만나면 진짜 집값만큼 얻어먹어도 되겠는데?'

그런 생각을 하며 밤양갱을 먹기 위해 움직였다.

파리만 날리는 맛나양갱 앞으로 민혁이 당도했다.

"여기요!"

곧이어 알론이 나왔다.

"오, 자네 왔는가!"

알론은 민혁이 돌아오자 밝게 반겨주었다.

"밤 모아왔어요."

"몇 개나 가져왔지? 50개인가?"

지금 시간을 보면 그렇게 오래 지나지 않았다. 그래서 한 50개 정도일 거라고 알론은 생각했다.

"200개요."

"……200개? 이 짧은 시간에?"

"예, 쉽던데요?"

사실 알론의 퀘스트를 받는 사람들은 가끔 그에게 한소리하곤 했다. 이렇게 강도 높은 퀘스트를 주고 밤양갱 따위나 주냐면서. 하지만 민혁은 이 짧은 시간에 200개를 모아왔단다.

"참, 그리고 이런 것도 얻었는데요."

민혁은 인벤토리를 뒤적였다. 그리고 이어 커다란 왕밤을 꺼냈다.

대왕밤은 아이템 정보가 표기되지 않았다. 이런 경우는 정말 쓸모없는 템인 경우도 있었으며 혹은 민혁이 아이템이 아닌데, 떼와서 그런 걸 수도 있다.

쿵!

자신의 앞에 나타난 대왕밤을 본 알론의 눈이 크게 떠졌다.

"이, 이거 자네가 잡은 건가?"

"다른 사람이 잡고 있긴 했는데, 도와달라고 해서 제가 잡긴 했습니다!"

"오오오…… 이 밤이라면 특제 밤양갱을 만들어줄 수 있네!"

['밤 50개 모아오기' 퀘스트의 등급이 C급으로 상승합니다.]
[퀘스트: 밤 50개 모아오기]
등급: C

제한: 알론 양갱 섭취자

보상: 특제 밤양갱 10개, 밤양갱 50개, 80,000골드

설명: 알론의 밤양갱 퀘스트를 받아야지만 연계로 이어지는 퀘스트. 밤깨비 왕의 대왕밤을 얻어올 시에 더 좋은 보상인 특제 밤

양갱을 얻는다.

"트, 특제 밤양갱이요?"

말만 들어도 기쁜 이야기였다. 특제라, 뭔가 더 맛있을 것 같은 예감이었다.

"그래, 특제 밤양갱은 시간 좀 지나고 오면 주겠네. 참, 밤 50개에 대한 보상도 줄 거네."

민혁은 그 말에 흡족한 미소를 지어 보였다. 말만 들어도 군침이 도는 이야기다.

'현실에서 운동 좀 하고 와야지.'

무료하게 기다릴 필요는 없었다. 민혁은 기대감을 가지고 로그아웃했다. 그리고 운동을 끝내고 돌아왔을 때. 알론은 그에게 고급스러운 포장 박스에 담긴 양갱을 내밀었다.

"먼저 특제 밤양갱이네."

[특제 밤양갱 10개를 획득합니다.]

그다음엔 일반 밤양갱이 담긴 박스를 내밀었다.

[80,000골드를 획득합니다.]
[밤양갱 200개를 획득합니다.]

민혁은 가장 먼저 다급하게 특제 밤양갱의 박스를 열었다. 그 안에 황금색 비닐 포장지에 있는 특제 밤양갱이 있었다.

민혁은 설레는 마음으로 포장지를 뜯었다. 탱글탱글한 밤양갱을 입안에 가져갔다. 그리고 씹었다. 달콤한 팥 맛과 부드럽게 씹히는 밤이 만나 환상적인 맛을 자아냈다. 그 달콤한 맛에 민혁의 입가에 절로 미소가 감돈다.

[최초로 특제 밤양갱을 맛보셨습니다.]
[5대 스텟을 5씩 획득합니다.]
[명성 5를 획득합니다.]

"오!"

민혁은 작게 감탄했다. 맛있는 특제 밤양갱은 스텟까지 올려줬다.

"말했잖나, 난 예전에는 연금술사였다고."

'그랬던 거 같기도 하고?'

그의 수다의 일부 중 포함되어 있었나 보다.

사실 알론의 이 특제 밤양갱 먹기는 쉬운 편에 속하는 것은 아니었다. 먼저 양갱을 시식해야 한다. 그다음 퀘스트를 받고 밤깨비를 잡으러 가야 한다. 대부분의 유저들은 여기까진 흔쾌히 한다. 하지만 밤양갱 먹겠다고 밤깨비를 잡은 유저들 대부분은 욕을 하면서 그 자리에서 퀘스트를 그만두었다. 경험치도 템도, 모든 게 너무 짧기 때문이다.

거기에 밤깨비 왕은 흔하게 등장하는 몬스터가 아니었다. 심지어 밤깨비 왕의 머리에 달려 있는 밤은 저절로 가져올 수 있는 게 아니고, 유저가 직접 밤깨비 왕의 머리에 있는 대왕밤을 똑 떼야 한다. 대부분의 유저들은 이 대왕밤을 그저 몬스터의 일부로 볼 확률이 높다는 거다. 이렇듯, 특제 밤양갱은 나름 복잡하고 어려운 과정으로 인해 민혁이 처음 맛본 유저가 되었다.

민혁은 스텟창을 열람해 봤다.

(민혁)

레벨: 10

직업: 무직

HP: 448 MP: 250

힘: 47+11 민첩: 37+14 체력: 25+9

지혜: 20+5 지력: 20+5 명성: 15

포만도: 100%/10

보너스 포인트: 0

"크……."

상당히 높다. 민혁이라고 할지라도 자신 스스로의 스텟에 아예 관심이 없는 건 아니다. 그가 보아도 강해지는 맛이 꽤 쏠쏠했기 때문이다. 물론 먹는 것만큼은 아니지만.

"맛있나?"

"네에! 입안에서 살살 녹아요."

"그래, 고생했네. 자네 덕분에 밤양갱 재료를 얻었어. 참, 이제 자네 해야 할 일이 있지 않은가?"

그 말에 민혁의 우물거리던 입이 멈췄다. 그리고 그의 표정이 비장해졌다. 마치 전쟁터로 향하듯.

"그렇습니다."

그는 주먹을 꽉 쥐었다.

'얼마나 이 순간을 기다려왔던가. 얼마나……!'

"자, 자네. 꼭 그렇게 비장해야 하는가?"

그 기세에 알론이 마른침을 삼켰다.

곧 민혁이 다시 헤, 하고 웃었다.

"돼지는 어떻게 먹어도 맛있으니까요!"

"그렇긴 하지. 근데 자네 돼지를 그냥 먹을 텐가?"

"당연히 아니지요. 후후후후후……!"

돼지를 먹는데 필요한 게 많다. 그리고 그것들을 먹기 위해서는 골드가 필요하다. 그러고 보면 민혁은 이스빈 마을로 와서 곧장 제네럴을 만나고 알론을 만나 양갱을 먹었다.

'로이나 교관님께서 닭털을 팔면 돈이 될 거라고 하셨지?'

로이나는 이스빈 마을로 그가 가기 전에 기초적인 걸 알려줬다. 잡화점의 이용법 같은 것들이다.

"다음에 또 뵙겠습니다. 그때도 맛있는 양갱 부탁드려요!"

"그래, 가세."

알론은 다급하게 걸음을 옮기는 민혁의 뒷모습을 흐뭇하게 바라봤다.

잡화점은 중앙광장과 멀지 않은 곳에 있었는데, 꽤 많은 초보 유저들이 있었다.

"여기 고블린 발톱 열다섯 개 팔게요."

"네, 열다섯 개면 2,800골드네요. 여기요."

"넵, 수고요."

"안녕히 가세요."

또 한 명의 유저에게 고블린 발톱을 매입한 잡화점의 여인 하멜은 한숨을 쉬었다.

'빨리 일 끝나고 집 가서 쉬고 싶다.'

오늘은 지옥 같은 월요일이었다.

사람들은 물밀 듯이 계속 들어왔다. 그러던 중, 그녀의 앞으로 한 사내가 멈췄다.

'와…… 키가…….'

그녀는 훤칠하게 큰 키에 잘생긴 그를 보며 감탄했다.

"잡템 좀 팔려고요."

"네. 뭐 파시겠어요?"

"닭털이랑 밤깨비의 가시 같은 종류요."

"여기 올려놔 주세요."

하멜은 그렇게 말하며 한 기계 앞을 가리켰다.

그 기계에 유저가 말했던 종류의 것을 올려놓으면 총 몇 개인지가 뜬다. 생김새는 커다란 체중계와 비슷했고 그 위로 커다란 바구니가 있었다.

'닭털이면 한 여섯 개 되려나?'

하멜은 그렇게 생각했다. 닭털은 워낙 값어치가 안 나가기 때문에 게임 좀 아는 유저들은 바로 다른 녀석들부터 사냥하고 함께 처분하는 경우가 흔했다.

"그럼 여기에 닭털부터 올릴게요?"

"네."

곧이어 하멜은 유저가 인벤토리에서 꺼내는 닭털들을 볼 수 있었다. 한 번에 꺼낼 수 있는 수량은 한계가 있었기에 유저는 꺼내는 행위를 반복했다.

"응?"

기계에 표기된 숫자를 본 하멜이 고개를 갸웃했다.

"기, 기계가 고장 났나?"

분명히 표기된 수치에는 50개의 닭털이 표기되어 있었다.

그리고 계속해서 저울 위로 개수가 올라갔다. 사내가 계속 인벤토리에서 주섬주섬 꺼내고 있는 거다.

"헉…… 다, 닭털 봐……!"

"닭 한 마리에 1~2개 주지 않나?"

곧이어 저울은 130개에서 멈췄다. 민혁은 닭털을 더 꺼내야 하는데 꺼낼 수 없자 물었다.

"여기 꽉 찼는데요?"

"……"

그녀는 말문을 잃었다.

"닭 잡으면 경치도 안 오르는데, 왜 저렇게 했지?"

"야야, 대박. 저 유저. 그 사람 아니야?"

곧이어 뒤쪽에서 유저들이 수군거리기 시작했다.

"아르도의 닭 사냥꾼……!"

민혁은 놀라워하는 하멜이라는 NPC와 그 뒤로 수군거리는 유저들의 말에 고개를 갸웃했다.

'아르도의 닭 사냥꾼?'

곧이어 수군거림은 커져갔다.

"저 유저 황금 닭 혼자 레이드한 걸로 유명하잖아."

"헉…… 황금 닭을 혼자서?"

"대박 사건. 저 사람이 그 사람이야? 닭 잡아서 바로 요리해 먹는? 완전 잘생겼는데?"

"와…… 인생 불공평한 거 보소……."

민혁은 난처한 표정을 지었다. 관심은 좋아하지 않으니까.

때마침 하멜이 말했다.

"저 안쪽으로 가시면 거대 저울이 있는데요. 거기로 가시는 게 좋을 것 같아요. 제가 안내해 드릴게요."

하멜은 서둘러 다른 종업원과 교대했다. 그다음 민혁을 안쪽으로 이끌었다. 물론 기존에 올렸던 닭털도 챙기고.

민혁은 거대 저울 앞으로 이동해 닭털을 올리기 시작했다. 계속 꺼내서 올리다 보니 어느새 닭털이 500개가 넘었다.

'도, 도대체 닭을 몇 마리나 잡은 거야……!'

그런 생각을 할 때 민혁이 아쉬운 표정으로 말했다.

"아, 한 700마리는 먹은 줄 알았더니, 500마리 정도밖에 안 되나?"

'머, 먹었다고?'

확실히 바깥 유저들이 그가 요리해 먹었다고 하는 말을 듣긴 했다. 그리고 이어.

"참, 이것도 있어요."

민혁이 꺼낸 것은 다름 아닌 황금 닭의 부리였다. 이어서 밤깨비의 왕의 세련된 가시까지 꺼냈다. 모두 저울에 올리자 하멜이 계산기를 두들겼다.

이마로 식은땀이 흘렀다. 자신이 여기에서 영업하면서 이렇게 큰돈이 오가기는 처음이다. 그 이유는 간단했다.

'이, 이렇게 많이, 그리고 특별한 걸 가져오는 유저라니……!'

그럴 수밖에. 이스빈 마을은 모두가 왕래할 수 있긴 하지만 초보자들이 대부분이니까.

"다, 닭털이 582개면 6만 300골드······. 밤깨비 가시가······ 45개면 1만 5천 골드에······ 황금 닭의 부리가······ 50만 골드고······ 밤깨비의 세련된 가시가 10만 골드니까······."

계산기를 타타탁 두드리던 하멜. 그녀가 이마에서 흐르는 식은 땀을 닦으며 계산기가 내놓은 답을 보았다.

"67만 5천 3백 골드입니다."

"오······."

뭔가 듣기만 해도 많은 것 같았다.

그와 함께 알림이 울렸다.

[첫 거래에 600,000골드 이상 판매에 성공하셨습니다.]
[인내하여 판매한 자 칭호를 획득합니다.]
[명성 1을 획득합니다.]

'음?'

민혁은 고개를 갸웃하고 확인했다.

(인내하여 판매한 자)

다중 칭호

칭호 효과:

• 5대 스텟+3

"칭호…… 얻었네요. 인내하여 판매한 자?"

"치, 칭호요? 와, 우리 상점에서 칭호 나오긴 첨인데……!"

"이거 대단한 건가요?"

"대, 대단하죠. 이 칭호는 무조건 본인이 사냥해서 판매한 거만 인정되고 첫 판매라는 것도 중요해요."

"아……."

확실히 그럴 수도 있겠다 싶었다.

"잠시만요."

그리고 이어서 하멜이 골드 주머니를 내려놨다.

"70만 골드에 살게요!"

"70만?"

"서비스입니다!"

하멜은 예상했다. 이 유저가 이곳에 있는 동안은 흡족한 것들을 판매해 줄 거라고. 그리고 이건 민혁의 명성이 기존의 초보들보다 좀 더 높기에 일어난 일이기도 했다.

"많이 이용해 주세요!"

"자주 올게요!"

그렇게 아주 올바른 고객(?)을 얻는 데 성공해 낸 하멜이었다.

식료품 상점의 주인 야드. 그는 여러 개의 카트를 끌고 온 민혁을 보며 멍한 표정이 되었다.

"자네, 이거 다 사려고? 혹시 오늘 길드 회식인가?"

간혹 게임에서 회식을 하는 가난한 사람들이 모인 가사모 같은 모임도 있었다.

"저 혼자 먹을 겁니다!"

"……"

야드는 말문을 잃을 수밖에 없었다.

곧이어 그가 계산기를 두들겼다.

"쌈장 20개, 고추장 20개, 된장 10개…… 상추 5만 골드, 깻잎 4만 골드…… 오이고추…… 양파……두부…… 음…… 벌써 35만 골드……."

카트의 것들을 확인하느라 정신없던 야드는 방금 그 사내가 또다시 카트 두 대를 끌고 오는 걸 볼 수 있었다. 그 카트 역시 식료품 재료들로 꽉 차 있었다.

"헐……"

진심으로 터진 육성이었다. 그의 이마에서 식은땀이 흐를 정도였다.

"생각보다 많이 못 샀네, 총 얼마예요?"

돼지 먹을 준비를 하며 행복한 미소로 질문하는 민혁이었다. 그리고 민혁은 활짝 웃으며 당당하게 요구했다.

"많이 샀으니까, 깎아주세요!"

8장
뛰는 놈 위의 나는 놈

[생각보다 많이 못 샀네, 총 얼마예요?]

모니터를 확인하고 있던 이민화가 고개를 돌렸다. 그리고 심각한 표정을 짓고 있던 박 팀장과 눈이 마주쳤다.

"팀장님."

"그래."

박 팀장은 한숨을 쉬었다. 상식적으로 이해가 되는 일인지 모르겠다.

"전설 퀘스트는 안중에도 없는데요……?"

"그러게나 말이다."

로이나는 민혁 유저에게 양갱과 알론이라는 것에 대해서 언급했을 뿐이다. 그 정도라면 사실상 그녀는 아테네의 신의 영

향력에서 벗어날 수 있다.

"세상에 전설 퀘스트보다 양갱이 먹고 싶어서 바로 알론을 만나러 가다니……."

너무 황당해서 웃음이 날 지경이었다.

"참, 그런데요. 민혁 유저. 던전 사냥 처음이지 않아요?"

"그렇지."

"혼자 필드 사냥은 그렇다 치고 던전 첫 사냥이면 파티 사냥 해야 하지 않나? 또 황혼의 무덤이 애초에 파티 사냥용으로 만들어지지 않았어요?"

박 팀장은 고개를 주억였다. 첫 번째 던전 사냥은 무조건 파티로 가야 한다. 아니, 지금 민혁은 사냥 NPC를 만나야 하고 그 사냥 NPC가 그렇게 안내해 줄 것이다.

일반 RPG 게임도 단계가 있다. 먼저 검을 휘두르시오. 아이템을 습득하시오. 그리고 첫 사냥을 하시오. 이것들을 할 때마다 다음 단계로 넘어가고 모든 단계를 끝내면 자유로워지지 않던가. 그것처럼 아테네는 첫 파티 사냥도 퀘스트로 권유하고 그 이전에는 혼자서 던전에 들어갈 수 없게 설정되어 있다.

"뭐, 파티 사냥 튜토리얼이니까, 어렵진 않지. 또 황혼의 무덤 공략만 하면 직업 얻을 수 있으니까."

"하긴……."

아마 보스 몹이 드랍하는 아이템에나 관심이 있을 것이다.

"참, 얼마 전에 인형술사 얻은 유저는 잘 크고 있나?"

"예, 시크릿 클래스 인형술사. 독특하면서도 생각보다 클래스 자체가 강한 클래스라, 빠르게 크네요. 근데 이 유저 지금……."

놀란 표정의 이민화를 본 박 팀장이 의아한 표정을 지었다.

"……황혼의 무덤 파티원 구하는데요?"

민혁은 로이나가 권유했던 사냥 NPC 찰리를 만날 수 있었다. 그녀는 찰리를 만나야지만 원활한 사냥 퀘스트가 진행된다고 말해줬다.

"오호, 밤깨비를 벌써 사냥했다고? 자네, 생각보다 강한가 보군."

"칭찬 감사합니다. 헤헤."

"이제 황혼의 무덤으로 간다라…… 자네 첫 던전 사냥은 무조건 파티로 가야 한다네."

"예?"

"파티도 아테네에서 매우 중요하다는 사실은 알고 있겠지?"

"네, 들어봤습니다."

"그렇기 때문에 첫 던전 사냥은 파티로 가지 않으면 입장 자체가 불가능하네."

파티 사냥. 혼자서 깨기 힘든 던전을 여러 명의 유저가 함께 모여 공략하고 경험치와 아이템, 골드를 나눠서 획득하는 방식이다.

'그, 그런⋯⋯.'

너무 돼지에 정신이 팔려 있었다.

황혼의 무덤에 대해선 알아봤지만, 파티 사냥을 해야 한다는 것은 몰랐던 민혁이었다.

"자, 가서 파티 사냥을 하게. 파티 사냥이 끝나면 굳이 내게 돌아오지 않아도 보상을 받을 수 있네. 또한, 파티 사냥은 사냥 튜토리얼과 다르게 몬스터를 잡으면 경험치 획득이 가능하다네."

띠링!

[퀘스트: 첫 파티 사냥]

등급: 튜토리얼

제한: 없음

보상: 보너스 포인트 5, 10,000골드

실패 시 패널티: 없음

설명: 아테네에서 파티 사냥은 매우 중요한 부분에 속한다. 첫 파티 사냥으로 그 시스템을 배워라.

민혁은 잠시 생각해 봤다.

'서, 설마⋯⋯.'

그는 크게 걱정이 들었다.

'돼지를 원하는 유저가 나 말고 또 있는 건 아니겠지⋯⋯?'

물론 민혁 개인만의 걱정이다. 민혁 말고는 그럴 유저가 있

1

을 리가 없었다.

'에이, 이러면 나눠 먹어야 할지도 모르는데.'

그걸 모르는지 진심으로 걱정하는 민혁이었다.

민혁은 사냥 퀘스트를 주는 찰리에게 꾸벅 인사를 하고는 중앙광장으로 걸음을 옮겼다.

"근접형 직업 빠르게 한 탐 모셔요!"

"꼬리 도마뱀 퀘 같이하실 분, 급구여!"

"파워에이드 맛 나는 파랭이 팜여!"

"아테네 여친 구함! 전 열 세 살이고 학교에서 불주먹 에이스라고 불림여, 얼마 전엔 은평초의 샹크스도 이김여!"

중앙광장은 오늘도 활기찼다.

민혁은 주변을 두리번거리며 황혼의 무덤 파티원을 구하는 유저는 없는지 찾았다. 유저들 틈에 들어가서 계속 주변을 두리번거리던 그때.

"황혼팟 빠르게 갑니다. 한 자리 남았어요!"

"오."

민혁은 그쪽으로 향했다.

그곳엔 쾌활하게 생긴 남성이 있었다. 초보자용 레더 아머를 착용하고 창을 들고 있는 유저였다.

"님, 황혼팟이 황혼의 무덤 맞나요?"

"네, 맞습니다."

그는 친절하게 고개를 끄덕였다.

"저 파티 끼워주실 수 있나요?"

"클래스가 뭐죠?"

그 말에 민혁은 멈칫했다.

그러고 보면 보통 10레벨이 되면 모두 클래스 전직을 한다고 들었다. 물론 일반 클래스로 전직을 해도 추후 특별한 클래스를 얻는 조건을 충족하면 변경될 수도 있고.

"아직 무직인데요. 참, 렙은 10입니다."

"흠……."

그는 민혁을 보며 얕은 신음을 흘렸다.

"첫 파퀘 사냥인가 봐요?"

"넵."

"뭐, 상관없겠죠. 제가 황혼팟 끝물이라, 몇 번 깨봐서. 파티 걸게요. 제가 버스 태워 드리겠습니다."

그가 주먹 쥔 손을 앞으로 내밀었다. 이 주먹을 마주 쥔 주먹으로 가볍게 두들겨 주면 파티 알림이 뜬다.

툭-

[황혼팟 파티에 가입하시겠습니까?]
[네/아니요]

"네."

[황혼팟 파티에 가입하셨습니다.]

"자, 이쪽으로 오세요. 미리 와 계셨던 파티원 두 분 소개해 드릴게요. 참, 저는 로이라고 합니다. 클래스는 창술사고요. 렙은 15입니다."

"전 민혁입니다."

"오, 이름 멋지네요."

아테네는 파티의 경우 파티창에 닉네임과 레벨만 간략하게 뜨는 편이었기에 직업 같은 것은 따로 소개해 줄 필요가 있었다. 두 사람이 함께 걸음을 옮겼다. 그러자 중앙광장 벤치에 앉아 있던 남녀가 보였다.

"마지막 파티원 한 분 구했어요. 인사들 하세요."

여성은 갈색 단발머리에 허름한 베이지색 로브를 두르고 있었다. 척 보기에도 전직한 지 얼마 안 되는 초보 마법사가 분명해 보였다.

그리고 남성은 170이 될까 말까 한 키에 빨간색 머리. 그리고 조잡해 보이는 도끼를 들고, 역시 조잡해 보이는 레더 아머를 착용 중이었다.

"안녕하세요. 전 락쿠고요, 법사예요. 렙은 13이고요."

"전 민혁이라고 합니다. 10렙. 무직입니다."

"아, 무직……."

그녀가 잠시 파티장 로이를 슬쩍 봤다. 그러다가 아차 했다.

"아아, 죄송해요."

"아, 그럴 수 있죠. 괜찮아요."

락쿠라는 여성은 빠르게 민혁에게 사과했다. 아마도 민혁의 레벨이 너무 낮고 직업이 없어 불안했던 듯싶다. 그리고 그 시선을 민혁이 불쾌하게 받아들일 수 있다고 생각한 거다.

'게임인데도 매너가 있네.'

민혁은 속으로 그런 생각을 했다.

"파티장님."

"네?"

"무직에 완전 쪼렙인데, 안 위험하겠어요?"

"저 황혼팟 끝물이라 괜찮아요. 저 여기 파장 몇 번 해봐서 잘 압니다. 사실 뭐 세 명만 있어도 깨는데, 혹시 모르니까 한 분 더 받은 거죠."

"그래요?"

사내는 자기소개도 하지 않고 민혁을 따가운 시선으로 바라보다가 툭 던졌다.

"전 베르입니다."

"넵, 민혁요."

"……?"

"와구와구?"

민혁은 불친절한 사람에게 군이 친절한 필요가 없다 여겼다. 그래서 신경 끄고 빵만 먹었다.

베르는 사실 민혁이 파티에 들어오는 게 싫었다.

'아…… 잘생겼네, 짜증 나게.'

베르는 누가 봐도 추남이었다. 그래서 왠지 민혁 옆에 가면 자신이 호빗이 되는 것 같았다.

그리고 그는 방금 만났지만 락쿠에게 마음이 있었다. 정확히는 마음에 드는 여자만 보면 금사빠가 되는 것이었지만, 아무튼 그는 민혁은 관심도 없는데 혼자 라이벌 의식을 느끼는 중인 것이다!

"키 되게 크시네요."

"와구와구, 감사합니다!"

락쿠의 칭찬에 민혁은 웃으며 답했다.

'아, 역시 싫어…….'

베르는 미간을 구겼다. 흔하디흔한 자격지심이었다.

"자, 이제 출발하죠."

"넵!"

"출바알~"

네 명의 유저가 걸음을 옮기기 시작했다.

이스빈 마을 출구로 나와 숲 쪽으로 향했다.

"포만도가 낮아요?"

"아뇨, 맛있어서 먹는 거예요."

"맛있어서…… 요?"

락쿠의 말에 민혁은 태연하게 답했고 그녀는 고개를 갸웃했다.

'벌써 한 열 개 드신 거 같은데.'

그 정도면 캐릭터 배가 부른 걸 느끼는 게 정상이다. 하지만 민혁은 열심히 카스텔라를 먹고 있었다.

'진짜 맛있다……!'

민혁은 이제 골드도 벌었겠다, 값 좀 있는 빵인 카스텔라를 넉넉히 사 왔다. 그리고 우유도 함께 사 왔는데, 달콤하고 부드러운 카스텔라와 고소한 우유를 함께 먹으니 입안에서 말 그대로 살살 녹았다.

'나 카스텔라 싫어하는데, 왜 이분 먹는 거 보니까, 먹고 싶지.'

락쿠는 고개를 갸우뚱했다.

"락쿠 님, 혹시 '그 남자의 이야기' 영화 봤어요?"

"네, 봤어요."

그리고 그녀의 미간이 베르로 인해 구겨졌다.

그녀도 안다. 집적대는 남자와 그렇지 않은 남자를. 베르는 정말 노골적으로 집적거렸다.

그녀는 외모로 사람을 판단하는 사람이 아니었다. 하지만 베르는 심해도 너무 심했다.

"님, 스파게티 좋아해요?"

"극혐해요."

"그럼 밥 종류 좋아해요?"

"쌀 알레르기 있어서 안 먹어요."

"……쌀도 알레르기가 있나? 님, 그럼 혹시 영화 '불량' 봤어요?"

"네."

"맞다, 그거 아직 개봉 안 했…… 응?"

베르가 멍한 표정을 지었다.

락쿠는 후다닥 집적거리는 느낌이 없는 민혁의 옆으로 붙었다. 그러다 민혁이 맛있게 먹는 걸 보고 넋을 잃었다.

민혁은 카스텔라 반 개를 입안에 구겨 넣고 거기에 흰 우유를 벌컥벌컥 들이붓고 있었다. 그에 그녀의 목울대가 움직였다.

"저 조금만 주……."

"안 됩니다."

'단호박에 실드 치신 줄…….'

락쿠가 뾰로통한 표정을 지었지만 민혁은 밝게 웃었다.

먹을 건 안 되지만 친절하다니. 참 독특한 남자다.

"오늘 파티도 활기차네요."

로이가 빙긋 웃었다.

"이제 곧 도착합니다."

그 말에 유저들이 고개를 주억였다.

가는 동안 몇 마디 이야기가 오갔다. 주로 로이와 락쿠가 했고 베르와 민혁은 묵묵히 갔다.

"아, 퀘스트 때문에 하시는구나."

"네, 이거 퀘 깨면 초보자 스태프 준다네요."

뭐, 흔하디흔한 이유들이다.

곧이어 그들이 황혼의 무덤 앞에 도착했다. 던전은 동굴로 들어가는 입구와 흡사했다.

그리고 그 위로 안내가 쓰여 있었다.

[10~15레벨 제한, 4인 파티까지 가능.]

이런 식으로 써 있는 경우도 있고 그렇지 않은 경우도 있다.

"자, 포지션은 간단해요. 저와 베르씨가 선 쳐서 어그로 끌고 락쿠 님은 마법 쏘시면 돼요. 그리고 민혁 님은 정말 필요하다 싶을 때, 도와주시면 돼요. 무리하지 마시고요."

10레벨, 그리고 첫 파퀘. 사실 이런 경우 간혹 실수를 해서 오히려 파티 사냥을 망치는 경우가 있다. 그 때문에 민혁은 꼭 필요할 때 쓰는 병력이 된 거다.

"넵, 알겠습니다."

"분배는 자동 분배 시스템 활성화했으니까, 알아서 4등분으로 나눠 들어갈 거고요. 좋은 템 먹은 사람은 따로 팔아서 나눠 갖죠."

자동 분배는 습득하자마자 골드나 아이템이 자동으로 나눠서 들어간다. 예를 들어 40골드를 먹으면 10골드씩 들어가는 식이다.

그리고 아이템 같은 경우 랜덤으로 들어가는데, 운이 좋으면 많이 얻는 경우도 있다. 하지만 보통 큰 차이가 없는 편이며 좋은 템은 누가 가질지 알 수 없다.

"먹튀할 분은 안 계신 것 같네요. 들어갑니다."

곧이어 그들은 황혼의 무덤 던전을 향해 걸음을 옮겼다.

[황혼의 무덤에 입장하셨습니다.]

[공략 완료 후 밖으로 나가실 수 있으며 강제 종료 시 패널티를 받습니다.]

패널티는 사망 시와 똑같았다. 아이템 랜덤 드랍과 게임 기준 열두 시간 입장 불가, 그리고 스탯이 1~10 사이로 랜덤 다운된다. 이는 도중에 공략을 그만두려는 이들을 방지하기 위함이다.

민혁은 자연스레 뒤쪽으로 빠졌다. 그들이 그러라는데, 자신은 맛있는 카스텔라를 취하면 되는 것 아니겠는가? 가끔 한 번씩은 알론이 준 맛있는 밤양갱을 까먹어주었다.

"자, 갑니다."

창술사인 로이가 먼저 앞장섰다. 그 옆으로 베르가 섰고 그 뒤로는 민혁과 락쿠가 선, 가장 기초적인 포지션을 유지하며 나아갔다.

그러던 중, 바로 앞에서 몬스터가 나타났다.

"미니 앤트입니다. 미니 앤트는 팔을 늘릴 수 있고 그걸 이용해 사람을 끌어당겨서 조이죠. 생각보다 그 조이는 힘이 강해서 조심해야 합니다."

미니 앤트. 크기는 약 140㎝ 정도의 작은 나무를 생각하면 된다. 민혁은 황혼의 무덤의 대략적인 정보를 이미 검색해 봤다. 가장 먼저 미니 앤트 지점이 나오고 그 후로는…….

'후후후, 또 다른 맛있는 먹거리가 나타나지.'

그리고 던전 끝에 도달하면 알론의 말처럼 돼지가 나와준다. 입가에 묻은 침을 쓰윽 닦은 민혁은 그들의 전투를 보았다.

나온 미니 앤트는 한 마리였다.

쭈우우우욱

녀석의 팔이라고 할 수 있는 나뭇가지들이 길어졌다.

곧이어 로이가 빠르게 앞으로 나섰다.

촤앗!

창이 뻗어오는 나뭇가지들을 단숨에 베어냈다. 척 보기에도 로이의 아이템은 상당히 고가로 보였다.

곧이어 로이가 거리를 좁히고 안쪽으로 파고들었다.

그다음.

푸욱!

"끼레레레레!"

창을 찔러 넣으며 밀고 나갔다. 미니 앤트가 뒤로 밀려났고, 바로 뒤쪽으로 이동한 베르가 장작을 패듯 도끼로 힘껏 내려찍었다.

퍼지익!

미니 앤트가 완전히 쓰러졌다. 그리고 그 앞으로 104골드와 나뭇가지가 떨어져 있었다.

[파티: 26골드를 획득합니다.]
[파티: 로이 님이 미니 앤트의 가지(1)를 획득합니다.]

돈은 정확히 분배되었고 잡템은 로이에게로 들어갔다.

"이처럼 쉬워요. 전 이번 황혼탑이 마지막이라 다음은 버스 못 태워 드립니다. 민혁 님. 다음 사냥 때 '저 좀 많이 공략해 봤어요'라고 하시면 받아줄 거예요."

로이가 사람 좋은 미소를 지었다.

"훌륭하군요."

빵을 우물우물 씹으며 민혁이 말하자 로이가 빙긋 웃었다.

"우…… 너무 빨리 잡아서 마법 쓸 틈도 없었네요."

"마법은 몰랐을 때 MP 만땅인 상태로 써야 최고죠."

로이는 그렇게 말하며 다독였다.

"아까부터 느꼈는데, 로이 님. 아이템이 되게 좋아 보여요."

"아하하, 그래 봤자 초보들이 끼는 레어인데요, 뭐. 현질 좀 했죠. 민혁 님 것도 꽤 좋아 보이는데요?"

"저도 뭐……."

민혁은 대충 얼버무렸다. 그들은 현질이라 생각하고 더 이상 묻진 않았다.

'저 창…….'

민혁은 이번 파티에 속한 후로 계속 이상한 느낌을 받았다.

그는 로이의 창을 바라보다가 시선을 틀었다.

"자, 이제 본격적으로 사냥해 볼까요?"

"네!"

"예!"

"와구, 넵!"

사냥은 순조로웠다. 로이는 동일 레벨대에 비해서 좀 더 강한 편이었고 베르도 꽤 잘 싸웠다. 그리고 락쿠도 적절한 타이밍에 매직 미사일을 사용하여 놈들을 교란시켰다.

미니 앤트 세 마리 중 두 마리를 사냥한 후에 길어지는 나뭇가지 팔이 사라진 미니 앤트를 보며 로이가 말했다.

"민혁님, 한번 잡아보시죠."

그는 경험시켜 주겠다는 표정이다.

분명히 좋은 쩔이었다. 실제로 겁먹고 몬스터 사냥을 제대로 못 하는 유저들도 한둘이 아니니까.

베르는 피식 웃으며 말했다.

"먹기만 하는 사람이 뭘 할 줄 알겠습니까?"

툭-

"그 입 좀 조용히 해요."

락쿠가 그의 옆구리를 찌르며 말했다.

"아니, 뭐 내가 틀린 말 했나? 우리가 버스 태워줘, 지는 뒤에서 편하게 먹기만 해. 우리가 친구……."

그 말이 채 끝맺어지기 전이었다.

팟!

민혁이 지면을 박찼다.

'빠르다.'

로이의 눈이 좁혀졌다. 민혁의 입안에 있던 카스텔라는 이미 목구멍 뒤로 넘어간 상태였다.

푸화악!

민혁의 검이 미니 앤트를 횡으로 베었다. 나무껍질이 튀어오르고 한 번에 미니 앤트가 싸늘한 주검이 되었다.

"오, 깔끔해요."

"빠른데요?"

짝짝

"우리가 체력 다 빼놓으니까, 한 방이 가능하지. 쯧."

빠르긴 했으나 그들은 레벨 대비 조금 빠른 정도였다. 민혁은 사실 전력을 다하지 않았다. 어차피 한 대만 치면 죽을 것 같던 녀석이다. 그리고 확인해 봐야 할 것도 있었다.

"현실에서 검도 하셨나 봐요?"

"네, 좀 오래 했죠."

"그래서 동작이 깔끔하구나. 다행이네요."

다시 그들은 앞으로 나아갔다.

아테네를 로그아웃하고 나온 창욱은 민혁이의 캡슐이 있는 방으로 향했다. 그곳에 담당의 진환과 여러 사람이 모여 이야기꽃을 피우고 있었다.

"교대 시간이네요, 무슨 이야기를 그렇게 하고 있어요?"

"아, 제네럴 왔나?"

"쌤, 제발."

"하하, 미안, 미안. 그냥 민혁 군 이야기하고 있었어."

"민혁이요? 왜요?"

그에 민혁의 식단 관리사를 맡고 있는 임혜진이 말했다.

"민혁이 본 지도 벌써 5년이나 됐는데, 아직 화난 모습을 한 번도 못 봐서요. 민혁이도 분명 성격이 있을 텐데."

"아, 여기 있는 분들 전부 화난 거 본 적 없어요?"

그 말에 모두가 고개를 끄덕였다.

"워낙 민혁 군이 매일 웃어야 말이지~"

"민혁이랑 있으면 항상 웃게만 되니까요."

그 말에 창욱이 씨익 웃었다.

"전 본 적 있는데."

"어? 정말요?"

"진짜인가? 민혁 군도 화를 내나?"

"예전에 한 번 제가 실수해서."

그는 멋쩍은 표정으로 자리에 앉았다.

"처음엔 저도 민혁이가 화를 아예 안 내는 성격인 줄 알았죠. 워낙 애가 재밌고 활발하니까, 그리고 솔직히 민혁이 정도면 불평불만 가질 만하잖아요? 난 왜 이런 병에 걸렸나 하고."

"그렇지, 예전에 그 박태일 부장인가? 그 사람 아들이 민혁이 보고 뒷담화로 '돼지' 어쩌고 했을 때, 민혁 군이 그 말 듣고 '오, 나 돼지인 거 어떻게 알았지? 개 천재! 꾸이이익!' 하면서 웃더라고. 난 되레 화가 났는데 말이야."

"전 그거 보면서 어떤 생각을 했는지 알아요?"

창욱의 말에 모두가 집중했다.

"와, 이게 진짜 남부럽지 않은 사람이구나."

"응?"

"민혁이 봐요. 아버지 회장님이죠, 성격 좋죠, 공부 잘하죠, 솔직히 운동 신경도 뚱뚱한 거 빼면 제가 봤을 때 선수급입니다. 거기에 뭐든 했다 하면 정점 찍고 오잖아요."

"그렇지. 민혁 군이 워낙 특출나야지."

"그런 다 가진 사람이요, 반에서 꼴등 하던 애가 일등 하는 애한테 '그렇게 공부하면 인생이 행복하냐? 인생 좀 즐겨~'라고 하면 기분 나쁠까요?"

"……전 기분 좋을 것 같은데요? 자기가 우월해서 그런 말 나오는 거니까. 또 오히려 한심해 보일 것 같은데."

"맞아요. 다 가졌는데, 남들이 떠들어봤자 무시하거나, 웃고 마는 거죠. 걔는 그걸 평생 겪었으니까요. 그리고 걔는 자기가 가진 만큼 젠틀하고 신사적이니까. 먹을 때 빼고."

"그렇지, 젠틀하지. 먹을 때 빼고."

모두가 수긍한 듯 고개를 끄덕였다.

그러다가 임혜진이 말했다.

"아이참, 원점은 이게 아니잖아요. 창욱 씨 민혁이 화난 거 봤다면서요. 어때요?"

창욱은 그때의 기억을 떠올리곤 씁쓸한 표정을 지었다.

"······오싹했어요."

그 말 한마디에 모두가 눈을 휘둥그레 떴다.

"진짜요?"

"네, 전 화났을 때 표정만 봤어요. 그때 민혁이 2주일에 한 번 과자 먹게 해주는 날? 그날이었는데, 제 말에 신경도 안 쓰고 과자만 보길래, 확 뺏었죠. 그러다가 민혁이 얼굴을 봤는데······."

"봤는데?"

"정말 다른 사람 같았어요. 나중에 민혁이가 사과하고, 저도 민혁이 병 알면서도 그런 거 사과하고 풀었죠."

그 말에 모두가 그나마 다행이라는 듯 고개를 끄덕였다.

"그리고 그일 이후 박문수 비서님한테 민혁이가 화를 어떤 때 내나? 혹은 어떻게 내나 물은 적이 있거든요. 다음부터 주의하려고."

"그런데요?"

"그때 말 하셨어요. 민혁이가 정해놓은 도덕적인 선이 있고 그걸 넘으면 안 된다고. 그리고 화가 나면 정말 무섭다고. 입으로 팩트만 턴대요. 살벌하게. 그리고 다신 기어오르지 못하게. 현실에선 폭행이 불가능하니까, 합리적으로 턴 거죠. 근데 그게 만약 게임 안이라면?"

그 말에 모두가 마른 침을 꿀꺽 삼켰다.

"정말 화난 민혁이를 볼 수 있겠죠. 또 그곳은 PK라는 게 있기도 하고요."

앞쪽에서 로이와 베르가 여섯 마리의 미니 앤트를 잡고 있었다. 숫자가 많아지자 벅찬 감이 없지 않아 생기고 있었다.

"어, 어그로 튀었어요!"

매직 미사일을 시전하려던 락쿠가 당혹하여 소리쳤다. 한 대만 툭 치면 죽을 것 같은 미니 앤트가 갑자기 그녀를 향해 빠르게 접근한 거다. 그때, 그 앞을 민혁이 빠르게 막아섰다.

푸화아앗!

단숨에 미니 앤트를 베어내고 그녀의 앞을 지켰다.

"괜찮아요?"

"아, 네……!"

곧이어 추가로 한 마리의 어그로가 더 튀었다. 이번 놈은 체력이 좀 더 남은 녀석 같았다.

"아이씨, 왜 이렇게 어그로가 튀냐!"

베르가 성질을 내며 서둘러 어그로 튄 녀석을 쫓았다. 괜히 락쿠가 공격당하면 기껏 얻은(?) 점수가 깎일 것 같았기 때문이다. 그로 인해 무방비해진 등을 향해 미니 앤트 하나가 팔을 늘려 베르를 잡아채려 했다.

그때, 민혁이 나섰다.

[용맹의 일격]
[일격에 20%의 공격력이 추가됩니다.]

푸화앗!

민혁이 또 다른 어그로 튄 녀석을 쳐내고 베르의 뒤쪽에 있던 나무줄기를 갈라냈다. 그다음 거리를 빠르게 좁히며 발로 놈을 힘껏 찼다.

퍼직!

"나이스!"

로이가 기다렸다는 듯 밀려나는 미니 앤트의 등 뒤를 창으로 힘껏 찔렀다.

퐈지익!

'이런 썅!'

공교롭게도 민혁의 도움을 받은 베르의 표정이 일그러졌다. 민혁은 다시 빠르게 자신의 포지션으로 돌아가 전방을 주시했다.

"배고파."

그러면서 양갱 하나를 까서 입안에 넣고 이죽 웃었다.

모든 사냥이 끝나고 로이가 말했다.

"베르 님, 신경이 너무 분산되어 있으신 거 아닌가요? 이번에 등 허용했으면 큰일 날 뻔했습니다."

"아이씨, 저 초짜가 계속 거슬리게 하잖아요."

"민혁 님은 깔끔하게 할 일 해주고 계신대요. 첫 파티 퀘에서 이 정도면 칭찬해 줄 정도로."

"아, 아니라니까요? 방금 저 사람이 앞에서 나대서 추가 어그로 튄 거라고요."

로이는 난처한 표정으로 머리카락을 쓸었다. 그리고 베르는 입술을 깨물었다.

'X발, 락쿠 님 앞에서 쪽팔리게.'

여전히 락쿠에 대한 가능성이 있다고 믿는 그였다. 베르는 괜히 민혁에게 발을 쿵쿵거리며 다가갔다.

"와아아앙."

민혁은 전투를 끝내고 배가 고파 막 카스텔라를 입에 넣으려던 차였다.

"아, 엔간히 처먹고. 님이 뭐라 말 좀 해봐요. 님 때문에 어그로 튄 거 맞잖아요."

그렇게 말하며 베르가 민혁의 손에 들린 빵을 빼앗아갔다.

[비매너 행위를 저지르셨습니다.]
[일시적 카오 상태가 됩니다.]
[3초 뒤 아이템이 주인에게 회수됩니다.]
[아이템을 사용할 수 없습니다.]

카오. 비매너 행위를 저지르면 카오 상태가 되는데 이때 공격해도 상대방은 카오가 되지 않는다. 그리고 사람을 죽이기 전에는 반카오 상태로 몇 분 동안 공격 허용이 가능하고 그 뒤에 반카오 상태가 풀리게 되는데 만약 사람을 죽인다면 반영구적 완전한 카오가 되어 카오를 풀기 전까지 죽여도 패널티가 없다.

"진짜 이 빵이 뭐라고 계속 처먹어……."

그런 말을 하며 베르는 땅에 버리려고 했다. 그 순간 누가 말릴 새도 없이 민혁의 주먹이 베르의 얼굴을 후려쳤다.

퍼지익!

뒤로 날아간 베르. 그는 정신을 차릴 수 없었다. 그리고 깜짝 놀랐다.

'무, 무슨 HP가 이렇게 많이 떨어져…… 주먹 한 번에!'

그가 깜짝 놀라 민혁을 바라봤을 때 그가 말했다.

"×같아요? 내가?"

'무, 무슨 눈빛이⋯⋯.'

베르는 당혹할 수밖에 없었다. 로이와 락쿠도 순식간에 생겨난 일에 깜짝 놀란 표정이었다.

특히나 사람 좋은 미소를 짓던 민혁이 화가 나자 그 기세가 무시할 수 없음에 그 둘은 더 놀라고 있었다.

"지, 지금 뭐 하는 겁니까, 저 지금 쳤어요?"

벌떡 몸을 일으키며 하는 말에 민혁이 한 발자국 더 다가갔다. 베르는 자신도 모르게 그 위화감에 눌려 마른 침을 꿀꺽 삼키며 움찔했다.

그리고 직감했다. 어째서 이렇게 HP가 많이 깎이는지는 모르겠지만, 마음만 먹으면 그는 단숨에 자신을 강제 로그아웃 시킬 수 있다.

베르는 너무 놀라고 두려워 입만 어버버거렸다. 사실 어찌 보면 게임 속 단순 로그아웃일 뿐이었지만 민혁의 표정이 너무 살벌했기에 그 기세에 눌린 것이다.

락쿠는 그런 그를 한심하다는 듯 바라볼 수밖에 없었다.

그리고 민혁은 더 이상 상대할 가치도 없다는 걸 알고 그의 앞으로 다가가 손을 들어 올렸다.

"흐이이익!"

베르가 자신의 얼굴을 감쌌다. 또다시 공격하려는 건 줄 안 거다. 그의 손에서 빵을 빼앗은 민혁이 다시 입에 가져갔다.

"⋯⋯."

괜히 민망해진 베르가 민혁을 씩씩거리며 노려봤지만, 더 추해 보일 뿐이었다.

"자자, 두 분 모두 진정하세요. 베르 씨, 이리로."

지켜보던 로이가 중재했다.

락쿠는 민혁의 옷깃을 슬쩍 당겼다.

사실 민혁은 지금 이 자리에서 PK로 그를 로그아웃시켜도 이상하지 않다, 하지만 그가 굳이 베르를 죽이지 않은 이유가 있었다.

'내 예상이 맞는다면 로이가 취할 행동은 베르와 우리를 떼어놓는 거겠지.'

베르는 로이에 의해 중재 당하면서도 민혁을 노려보며 마지막 자존심을 지키려는 표정이었다.

"봐, 봐봐요. 저 자식이……."

민혁은 양 팔짱을 끼고 실실거리며 바라봤다. 그와 눈이 마주치자 자신도 모르게 입을 꾹 다무는 베르.

그때 락쿠가 민혁의 귓가에 속삭였다.

"민혁 님, 잘했어요. 와, 개 사이다. 저 사람 계속 집적거리고 제 몸 훑어봐서 기분 너무 나빴는데."

민혁은 다시 인벤토리에서 카스텔라를 하나 꺼내 입에 물었다.

"락쿠 님."

"네?"

"저 사람은 해선 안 될 짓을 하려고 했어요."

"뭐, 뭔데요?"

그녀가 귀를 기울였다.

"먹을 걸 버리려고 함요."

"……?"

한없이 진지한 표정으로 카스텔라를 먹는 민혁. 도통 알 수 없는 남자다.

베르를 멀리 떼놓은 로이가 어색하게 웃어 보였다.

"어…… 참, 파티 분위기가 많이 안 좋네요. 하하, 뭐 민혁 님을 나무라는 건 아니고요."

로이가 보았을 때도 민혁은 해야 할 대처를 취했다. 자신 같았어도 그랬을 거다.

"이제 곧 있으면 단뱀이라는 몹이 나옵니다. 미니 앤트보다 더 강한 녀석인지라 조금씩 쳐서 끌고 올 생각이에요. 그걸 베르 님과 제가 하는 게 좋을 것 같고요."

민혁은 자신의 예상대로 되어가는 걸 깨달았다.

화해가 아닌, 떨어뜨린다. 물론 충분히 그럴 수 있는 일이다. 하지만 기다렸다는 듯 나서는 로이.

민혁은 확실히 그를 경계하자고 생각했다.

"분위기가 너무 냉랭하니까, 떨어져 계신 게 나을 것 같아요."

이어 로이는 작은 목소리로 말했다. 그 말에 민혁과 락쿠는 흔쾌히 고개를 끄덕였다.

로이가 베르와 함께 던전 안쪽을 향해 걸어가다가 이내 사라졌다. 민혁은 여전히 먹기만 했고 락쿠는 둘만 남자 어색해했다.

"저 정말 좀만 주면 안 돼요?"

"넵, 병아리 눈물만큼도 안 됩니다!"

"병아리 눈물까지야……."

민혁은 오고 가는 게 없으면 절대 나눠주지 않는 타입!

그리고 이어 민혁이 말했다.

"MP 지금 몇이에요?"

갑자기 그건 왜 묻는 걸까? 그녀가 고개를 갸웃했다.

"지금 반절 정도 찼어요."

"그래요? 금방 만땅 되겠네."

그렇게 답하며 민혁은 고개를 주억였다.

"근데 그건 왜요?"

"그냥, 혹시나 해서요."

혹시나? 그녀는 의아한 표정을 지었다.

그렇게 20분이 지났다.

"왜, 왜 안 오지?"

그녀는 당혹한 표정을 지을 수밖에 없었다. 이 정도 시간이면 두 사람이 돌아오고도 남았다.

[파티 채팅 락쿠: 로이 님, 베르 님? 어디쯤 가셨어요?]

[파티 채팅 락쿠: 님들? 답변 좀 해주시면 안 될까요?]

[파티 채팅 락쿠: 님들아……?]

하지만 파티 채팅창은 고요했고 민혁은 묵묵히 카스텔라만을 취했다.

타타타탁-

그때 다급한 발걸음 소리가 어둠 속에서 들려왔다. 락쿠는 그곳을 숨죽여 바라봤고 민혁은 옆에서 빵을 먹으며 뭐라 중얼거렸다.

"허억허억, 젠장. 님들, 그레이트 단뱀 나왔어요!"

"그, 그레이트 단뱀……!"

앞에서 뛰어오는 이는 파티장인 로이였다.

그레이트 단뱀. 던전에 존재하는 실제 보스 몹을 제외한 준보스 몹이다. 간혹, 아주 간혹 준보스 몹이 일반 보스 몹보다 까다로울 때가 있는데, 그레이트 단뱀이 그런 경우다. 녀석은 등장할 때, 다른 단뱀 열댓 마리를 주렁주렁 달고 나타나기 때문이었다.

"베르 님은요?"

"로그아웃 당했어요, 젠장!"

다급히 다가온 로이는 거친 숨을 헐떡거렸다.

"흐음."

민혁은 빵을 먹으며 심각한 표정으로 고개를 끄덕였다.

"허억허억, 놈들 따돌린다고…… 허억허억, 계속 뛰었더니……."

로이는 거친 숨을 몰아쉬었다.

"그, 그럼 이제 저희 셋이서 공략해야 하는 건가요?"

"예, 최대한 조심스럽게 그레이트 단뱀 근처에 있는 몹부터……."

그러던 찰나.

갑자기 로이의 창이 민혁을 향해 힘껏 찔러졌다.

"꺄악!"

락쿠가 작은 비명을 토했다.

그 순간.

태애애애앵!

한 손엔 빵을, 또 다른 손으로는 허리춤의 검의 그립을 쥐고 있던 민혁이 태연하게 창대를 쳐냈다.

[카오 유저입니다.]

[PK시 패널티를 받지 않습니다.]

[더 높은 확률로 아이템이 드랍됩니다.]

민혁은 남은 빵을 입안에 구겨 넣었다.

로이가 다소 놀란 표정으로 빠르게 거리를 벌렸고 민혁이 한 걸음 앞으로 나서며 팔을 뻗어 락쿠를 뒤쪽으로 보냈다.

"뭐야, 알고 있었어?"

로이의 얼굴에 있던 사람 좋은 미소가 싸악 사라졌다.

1

"뭐, 뭐예요? 갑자기 왜 민혁 님을……!"

"그야, PK하는 사람이니까요."

민혁은 태연하게 말했다.

"히야, 진짜 알고 있었네? 내 창도 튕겨낼 줄이야."

민혁이 로이를 발견하고 중얼거린 것은 바로 바르디 검술을 펼친 거였다.

"언제부터 알고 있었지?"

"글쎄."

두 시간 전. 사냥 NPC 찰리를 만나고 중앙광장으로 향하던 길이었다.

"아, 쒸파, 나 저번에 얻은 창 떨궜어!"

"뭐? 어쩌다가 그걸 떨궈!"

익숙한 얼굴들이 보였다.

민혁은 가물가물한 기억을 떠올려 봤다. 중앙광장에 처음 와서 제네럴을 만났던 날 득템했다고 자랑했던 유저와 배 아파하던 다른 친구 유저였다.

"던전 파티 사냥 갔다가 PK 당했다, 아오. 개같은 새끼……. 아, 그 창 유니크였는데! 아, 열 받네!"

"PK? 와, 이런 초보자 마을에서도 그런 짓 하는 양아치 새끼가 다 있네."

"너 왜 근데 처웃냐? 행복해 보인다?"

"진정한 친구란 친구가 곤경에 처했을 때, 쪼개는 거라고 안 배움?"

"야이, 개새꺄!"

민혁은 그걸 보면서 초보자 마을에서도 PK가 일어날 수 있다는 것을 알았다. 기억 속의 유저가 창을 얻고 뛸 듯 기뻐했던 모습이 자신이 먹을 걸 얻었을 때와 비슷하다고 느꼈는데 그 창을 잃다니.

민혁은 자신도 조심해야겠다고 생각하며 다시 황혼팟을 구하기 위해 중앙광장으로 걸음을 옮겼다.

사실 긴가민가했다. 비슷한 모양의 창일 수도 있으니까. 확실한 건, 그 창은 유니크였으며 민혁은 그 창을 실제로 저번에 봤다는 거다.

레어 이상의 아티팩트. 즉, 유니크부터는 무조건 하나씩의 아티팩트만 존재했다. 때문에 의심하고 관찰하다 보니 확실히 이상한 부분이 눈에 보였다.

우선 자신을 파티원으로 받았다. 뭘 보고? 물론 그 말처럼 버스를 태워줄 수도 있는 거지만 다른 이유도 있을 수 있다.

'내 아이템을 노려서.'

PK를 해도 랜덤으로 템 드랍이 이루어지고 민혁의 템은 꽤 고가로 보이기 충분하다.

민혁은 합리적으로 머리를 굴려봤다. 그가 세 사람이 함께 모여 있을 때 과연 기습을 가할까? 아니, 그가 렙이 몇인지 모르지만 그러면 그도 힘들어질 거다. 그렇다면 파티를 분리하지 않을까?

그리고 상황은 민혁의 예상대로 흘러갔다. 민혁과 베르의 다툼 간에 발발하자, 그는 타이밍 맞게 몹을 몰아온다고 하며 파티를 분리했다.

그때 딱 직감했다.

'아, 이놈 진짜 그놈 맞는 것 같다.'

그때부터 PK에 대비하기 시작했고, 베르는 자신이 손 쓰지 않아도 알아서 PK 당할 거라고 생각해서 공격하지 않았다. 어차피 나쁜 놈, 자신이 죽이기보다 확인해 보는 게 낫다고 생각한 것.

"뭐, 상관없지. 남은 건 시전 시간 오래 걸리는 마법사에, 이제 겨우 10렙인 초보 무직자시니까."

"어, 어떻게 사람이 웃는 얼굴로……!"

락쿠가 소리쳤다. 어차피 자신들 렙이 낮다고는 하지만 PK를 당하는 기분이 좋을 턱이 없다.

그러면서 락쿠는 민혁을 보았다. 그는 너무나 침착했다.

'저 사람 말처럼 난 마법사에 민혁 님은 10렙인데…….'

2:1로도 완패가 분명해 보이는 상황이었다. 그리고 락쿠가 본 로이는 굉장히 잘 싸웠다.

이어서 로이가 빠르게 거리를 좁혔다.

[파워 스트라이크]
[일격에 10%의 추가 공격력이 붙습니다.]

로이는 창에 붙어 있는 특수 스킬을 사용해 힘껏 내려찍었다. 이 공격을 막으려 한다면 검을 놓치게 될 거라고, 검을 놓쳤을 때 목을 찌르면 쉽게 이길 수 있으리라고 생각했다.

[용맹의 일격]
[일격에 20%의 공격력이 추가됩니다.]

민혁의 검에 밝은 빛이 맺혔다.

태에에에엥!

묵직한 소리와 함께 민혁이 로이의 공격을 가뿐히 쳐냈다.

"내가 알면서도 다 보여줬겠어?"

민혁은 로이 덕분에 열심히 스텟을 숨겼다. 어그로 튄, 피가 전부 깎인 놈들만 잡아대면서.

덜덜-

로이는 묵직하게 팔에 전해지는 그 충격에 헉하는 표정을 지었다.

그때 민혁이 빠르게 거리를 좁혔다.

"헙!"

"어?"

락쿠와 로이 두 사람 다 입에서 놀란 음성이 터져 나왔다. 민혁의 속도가 미니 앤트를 잡을 때보다 훨씬 올라갔다.

태애앵!

민혁의 검이 빠르게 로이를 압박한다.

'무슨 ×발, 10렙인 새끼 스텟이⋯⋯!'

말도 안 되는 강력한 힘이 전해진다. 그리고.

[두 번 빠른 공격]
[두 번 연속 공격합니다.]

태애애앵!

민혁의 검이 빠르게 로이의 창을 밑으로 내려찍었다. 곧바로 잔상으로 위쪽에 멈춰 있던 또 하나의 검이 곧바로 내려쳐졌다. 두 번 빠른 공격의 힘이었다.

태애애앵! 탱그랑!

로이가 결국 그 힘을 이기지 못하고 창을 놓치고 말았다.

민혁의 검이 로이의 목을 향해 힘껏 찔러졌다.

푸지익!

"컥!"

그가 목에 틀어박힌 검을 보고 부들부들 떨었다.

푸화악!

민혁은 거침없이 검을 뽑아냈다. 그리고 시체 앞에 떨어진 반짝거리는 아티팩트를 볼 수 있었다.

'반지?'

9장
맛있으면 0kcal

하얀색 날개 한 짝이 작게 달린 반지였다.

민혁은 지체하지 않고 주웠다.

[헤르메스의 반지를 획득합니다.]

민혁은 곧바로 정보를 열람해 봤다.

(헤르메스의 반지)

등급: 유니크

제한: 레벨 10

내구도: 782/1,000

방어력: 52

특수 능력:

- 민첩+15
- 스킬 헤이스트

설명: 헤르메스가 실수로 떨어뜨린 반지. 헤이스트 마법이 걸려 있어 전사형 타입에게 유용할 것으로 보인다.

'호오.'

(헤이스트)

아티팩트 스킬

레벨: 없음

소요 마력: 50 / 쿨타임: 2시간

효과:

- 10초 동안 공격 속도, 이동 속도 1.3배 상승

충분히 좋은 스킬이었다. 유니크의 이름값을 했다.

헤이스트는 스킬 레벨이 상승할수록 지속 가능한 시간이 늘어나고 상승하는 속도의 배수도 늘어난다고 들었다. 하지만 이건 아티팩트 스킬이기에 안타깝게도 레벨은 더 이상 올릴 수 없었다.

"민혁 님, 저희 이제 어떻게 해요……."

그리고 그때 락쿠가 걱정스러운 목소리로 말했다.

"가야죠."

"네······?"

"돼지 잡으러!"

"저희 둘이서요?"

"네, 걱정 마요. 아까 해보니까, 미니 앤트? 얘네도 엄청 쉽던데. 또 로이가 안쪽에서 무사히 걸어 다녔던 거 보면 혼자 단뱀도 잡을 수 있을 것 같고."

"음······."

"갑시다!"

민혁이 말했다. 그러다 우뚝 멈췄다.

"얘는 왜 안 사라져?"

"아직 로그아웃 안 했나 본데요? 아마 지금쯤, 엄청 욕하고 있을 듯해요."

"그래요?"

민혁은 그 말에 고개를 끄덕였다. 그러곤.

"에잇!"

엄지발가락 끝을 밟아주고는 룰루랄라 걸음을 옮겼다.

박 팀장이 감탄했다.

"와, 이 유저. 먹는 거만 빼면 완벽한데?"

그는 모니터 속 민혁 유저를 보며 고개를 주억일 수밖에 없었다. 냉정한 판단력과 흐름을 읽는 능력, 거기에 공격을 가할 때의 컨트롤까지.

"인형술사 로이도 실제론 20렙 정도 스텟인데……."

이민화가 중얼거렸다.

박 팀장이 말했다.

"민혁 유저. 스텟창 좀 띄어봐."

"네!"

(민혁)

레벨: 10

직업: 무직

HP: 431 MP: 280

힘: 47+14 민첩: 37+32 체력: 25+12

지혜: 20+8 지력: 20+8 명성: 16

포만도: 100%/10

보너스 포인트: 0

"……."

"……."

잠시 둘 다 말이 없었다.

박 팀장이 머리를 긁적거렸다.

"……뭔 짓을 하면 무직에 10렙 스텟이 저러냐……."

"밥 잘 먹고 운동 열심히 하면 된대요."

"……."

"저번에 저 유저가 그러던데요."

"사실이라 반문할 수가 없다……."

박 팀장은 이게 납득할 수 있는 건가 싶긴 했지만, 말을 잃었다. 그러다가 말했다.

"하지만 아직 민혁 유저는 안심하긴 이르지."

"그렇죠."

이민화도 고개를 주억였다.

"인형술사의 힘은 이제부터 발휘되니까. 그 전엔 창술가로 움직이지만."

인형술사는 특별하다. 시크릿 클래스 중에서도 매우 강력한 편에 속한다. 이제까지 인형술사의 PK를 알아채지 못한 유저가 아예 없는 건 아니었다. 하지만 인형술사는 항상 PK에 성공했다. 그 이유.

"죽은 후에 곧바로 '귀신의 인형술'을 발동할 수 있지."

"예. 아주 끔찍한 스킬이죠."

그녀가 고개를 주억였다.

"관전 모드의 투명 상태로 한 유저에게 달라붙는다. 그리고 달라붙은 유저가 몹을 사냥하면 귀신의 인형술을 발동하고 있는 로이는 유저가 사냥할수록 오르는 몹 충족도를 100% 채워 다시 살아날 수 있죠. 그것도 주변의 시체를 인형으로 만들어서요."

"그렇지. 잘 외웠네?"

신입 사원 이민화는 훌륭하게도 특별 유저들에 대해 잘 외우고 있었다. 박 팀장이 흐뭇한 미소를 지었다.

"그럼 여기서 문제. 아직 스킬 레벨이 높지 않은 로이가 귀신의 인형술에 가지고 있는 리스크는?"

"일단 되살아난 몹 자체가 60%의 힘밖에 못 낸다는 점. 시체가 생겨나고 그 시체의 손상이 추가 발생하지 않아야 한다는 겁니다."

"그렇지. 똑똑해."

"……음?"

그렇게 말하다가 이민화가 문득 고개를 돌렸다.

"왜?"

"팀장님, 손상되지 않은 시체여야 하지 않나요?"

"그래, 지금 레벨에 시체가 손상되면 몹 충족도는 올라가지 않아."

"……단뱀 머리에 사과 달려 있잖아요."

"그게 왜?"

"팀장님, 사과라니까요?"

그녀는 조금 답답하단 목소리였다.

"그러니까, 그게…… 컥?"

박 팀장은 설마 그것인가 하는 표정으로 이민화를 보았다.

"사, 사과는 먹는 거잖아요."

"에이, 그건 진짜 아니야. 단뱀의 머리에 붙어 있는 사과는 독사과라고. 그거 먹으면 경험치 다운되잖아."

"네. 대신에 이렇게 쓰여 있죠. 경험치가 다운된다. 하지만……."

그녀가 모니터를 보며 말했다.

"일반 사과보다 더 맛있다."

'퉤퉤퉤퉤퉤퉤!'

민혁의 어깨 위에 투명화 모드로 찰싹 붙어 있는 로이. 몸은 없이 머리만 있는 모습이었다.

그는 민혁의 머리에 연신 침을 뱉어댔다. 하지만 투명화 상태였기에 그 침이 닿을 수도 없을뿐더러, 민혁은 로이의 존재를 알지 못했으므로 그저 앞으로 나아갈 뿐이었다.

곧이어 단뱀들이 나타났다.

'빌어먹을 놈. 곧 있으면 내가 부활해서 네 멱을 따주마!'

헤르메스의 반지. 나중에 팔아서 현금으로 바꾸려고 했던 꽤 고가의 반지다. 그걸 이놈이 가져갔다.

'흐흐흐흐, 내가 다시 살아나 뒤통수 쳤을 때의 표정이 기대되는군.'

이제까지 자신이 역으로 죽은 적은 많다. 하지만 역으로 죽은 후, 유저들의 어깨 위에 착 달라붙어 그들이 몹을 죽여 시체로 만들었을 때, 충족도 100%를 채워 몹들과 함께 살아나 통수를 쳐서 죽였다.

'이번에도 다르지 않으리!'

"오, 저게 단뱀?"

그리고 민혁은 갑자기 혀를 날름거렸다.

'……?'

로이는 의아한 표정을 지었다.

곧이어 민혁이 단뱀을 향해 달려들었다. 단뱀은 약 2m의 길이였고 머리 위에 주먹만 한 붉은빛 사과가 달려 있었다.

'이 새끼, 진짜 강하네. 뭔 짓을 하고 다닌 거야?'

단뱀은 얼마 지나지 않아 철푸덕 쓰러졌다. 하지만 아무리 강해도 갑자기 살아나 기습하는 자신을 막을 순 없을 거라고 로이는 생각했다.

'자, 이제 몹 한 마리는 충족되었고.'

보통 단뱀 한 마리에 약 10% 정도가 충족된다. 정말 '곧'이다. 하지만 갑자기 민혁이 손을 뻗었다.

"사과다, 사과!"

"민혁 님, 그거 독사과예요!"

락쿠가 서둘러 말했다.

이렇게 몹에게 달린 독사과 같은 경우 드랍되지 않는다. 대신 똑 뗄 수 있는데, 가져가도 되고 안 가져가도 된다. 하지만 보통 이 독사과는 아예 유저들이 거들떠보지도 않는 것. 하지만 민혁은 똑 떼어내서 확인했다.

〈단뱀의 독사과〉

재료 등급: E

특수 능력:

- 먹을 시 경험치 5% 다운
- 일반 사과보다 훨씬 맛있는 사과

"확인했어요?"

"네……."

민혁은 부들부들 몸을 떨었다. 사실 단뱀의 사과가 독사과라는 것은 민혁도 이미 알고 있던 사실. 미리 확인했기 때문이다.

그가 부들부들 떨자 락쿠가 피식 웃으며 말했다.

"좋은 템인 줄 알고 기대하셨구나? 에이, 그거 진짜 잡템이에요. 상점에서도 매입 안 해요. 빨리 버리고 앞으로 가요."

락쿠의 말을 들으며 민혁의 어깨에 붙은 로이도 끄덕였다.

'그래, 인마. 흐흐, 그거 잡템인 거 이제 알았지? 이제 그거 버리고 앞으론 조금도 건드리지 말고 나아가라고!'

하지만 곧이어 민혁이 중얼거렸다.

"락쿠 님, 혹시 블루벨벳 좋아해요?"

"네?"

락쿠는 고개를 갸웃했다.

블루벨벳은 요새 가장 인기가 많은 여자 아이돌 그룹이었다. 민혁은 일반 사과보다 더 맛있다는 사과를 먹을 생각에 흥이 차올랐다.

"빠빠, 빨간 맛~!"

"……."

"궁금해, 허니!"

"……?"

"깨물면 점점 녹아드는 독사과 그 맛!"

그러면서 사과를 사랑스럽다는 듯 바라봤다. 사과가 정말 놀라울 정도로 붉었다. 거기에 멍이 든 구석 하나 없이 매끄러웠다. 민혁은 입을 크게 벌려 그것을 가져갔다.

와사악! 사과를 베어 물 때의 경쾌한 소리. 베어 물자마자 입안 가득 달콤한 사과의 과즙이 들어온다. 그리고 씹을 때마다 나는 소리.

와삭와삭!

입안 가득 상큼한 단맛이 퍼진다.

[독사과를 먹었습니다.]
[경험치가 5% 하락합니다.]

"응, 맛있으면 영 칼로리~"

"……."

그 모습을 바라보는 락쿠는 정말이지 뭐라 해야 할지 몰라 입을 어버버거렸다.

사과는 해 먹을 수 있는 요리가 무궁무진하다. 잼을 만들어서 식빵에 발라 먹을 수도 있고 그냥 갈아서 마셔도 맛이 좋다. 거기에 치아 건강이나, 변비, 당뇨병 예방 등 매우 맛있고 건강하게 만들어주는 과일인 것이다.

사과를 깔끔하게 일자로 갉아먹은 민혁은 그 심지를 보이며 웃었다.

"캬, 이 맛에 사과를 먹지."

그 말을 끝내고 민혁은 락쿠를 돌아봤다.

"님도 하나 드실래요? 뭐, 이건 같이 사냥하는 거나 마찬가지니까, 괜찮아요!"

"……사양할게요."

그녀는 '이 남자 정체가 뭐야?'라는 표정을 지으며 거절했다. 그리고 민혁의 어깨 위의 로이는 황당함에 물들었다.

'이, 이 미친놈은 뭐야!'

하지만 곧 침착해졌다.

'후우후우, 아니야. 호기심 때문이었겠지, 어떤 미친놈이 경험치 5%씩 깎아 먹으면서 사과를 계속 먹겠어?'

앞으로 계속 민혁이 단뱀의 머리의 사과를 딴다는 보장은 없다. 추가로 손대지만 않으면 충족도를 채울 수 있을 터.

"호우! 사과다, 사과!"

하지만 곧 로이의 꿈은 와장창 무너졌다.

민혁은 다시 나타난 단뱀들을 가뿐히 처치했다. 그 후에 그는 계속해서 전진하면서 단뱀을 잡고 사과를 먹었다.

"흐아, 행복해……."

사과를 또다시 먹은 민혁이 행복한 미소를 지어 보였다.

로이는 들리지 않는 목소리로 소리쳤다.

'야이 사과에 미친 새끼야! 뭐 이런 미친 새끼가 다 있어, 맛있는 사과 먹겠다고 경험치 떨구는 놈이 어디 있냐고, 와, 나 살다 살다 이런 놈은 또 처음이네!'

하지만 민혁은 자신의 귀를 한 번 후볐다.

'누가 내 욕하나?'

곧 락쿠가 입을 열었다.

"대, 대체 왜 그러시는 거예요…… 힘겹게 얻은 경험치를……."

"님."

민혁이 진지한 목소리로 락쿠를 불렀다.

"네?"

"하루에 방울토마토 5천 개씩 먹어봤어요?"

"코끼리 이야기하시는 건가요?"

"……."

"……?"

"안 먹어봤으면 말을 마요. 5천 개씩 먹으면 저처럼 됩니다."

괜스레 코끝이 찡해지는 느낌을 받는 민혁이었다.

15분 후.

'으, 으아아아아아! 안 돼!'

로이가 또다시 비명을 질렀다. 귀신 인형술은 30분 이내에 충족도를 채워야 한다. 그렇지 않으면 귀신 인형술 부작용으로 두 배의 패널티를 받게 된다.

하지만 결국.

사르르르

로이의 투명한 얼굴이 사라졌다.

아무것도 모르고 사과를 계속 취하던 민혁은 락쿠와 계속 안쪽으로 들어가던 중 드디어 도착할 수 있었다.

보스방으로 들어가는 입구에.

'돼지야, 기다려라. 형이 간다.'

민혁의 표정이 비장해졌다. 그의 앞에는 두꺼운 철제문이 있었다. 이 철제문을 밀고 들어가면 그 녀석이 있을 것이다.

끼이이익-

철제문이 요란한 소리를 내며 밀렸다. 곧이어.

쿵!

완전히 열렸을 때 민혁은 발란의 검을 굳게 쥐고 앞으로 나아갔다.

10장
식신(食神)은 삼겹살을 먹을 줄 안다(1)

"꾸이이이익!"

문을 열자마자 나타난 것은 정말 돼지였다.

하지만 일반 돼지와 조금 다른 점이 있었다. 약 두 배 정도 큰 크기라는 것. 그리고 엉덩이에 달려 있어야 할 꼬리가 이마에 두 개 꼬불꼬불 달려 있다는 것과 털 색깔이 금색으로 번들거린다는 거였다.

[보스방에 입장하셨습니다.]
[보스 몬스터를 사냥할 시 던전 밖으로 나갈 수 있는 워프 게이트가 생성됩니다.]

"화, 황금 돼지예요! 황혼의 무덤에서 간혹 나타나는 특별한 보스 몹!"

"특별한 보스요?"

"네, 알기로 아이템 습득률 두 배 상승, 경험치도 두 배 주고 템도 일반 돼지에게서 나올 수 없는 걸 주는 것으로 알고 있어요. 하지만 좀 더 강해요……!"

민혁은 고개를 끄덕였다. 그리고 검을 꽉 쥐었다.

'삼겹살…… 목살…… 등심……!'

정말이지 갈망했던 음식 재료 중 하나였다.

어떠한 이들에겐 삼겹살 같은 음식은 퇴근 후 소주 한 잔에 직장 동료들과 먹는 음식일 것이다. 또는 어머니가 양팔 소매를 걷어붙이고 해주는 일상 속의 제육볶음 같은 음식일 것이다.

하지만 민혁에겐 아니었다. 그가 현실 속에서 고기와 같은 먹고 싶은 것을 모두 먹었다면 지금 이 자리에 없었을 것이다. 그렇기에 내달렸다.

쫘아악!

[바르디 검술]
[5분 동안 5대 스텟이 9 상승합니다.]

그의 몸에 힘이 깃든다. 황금 돼지가 요란한 울음소리를 내며 민혁을 향해 맹렬히 달려온다. 그 거대한 크기의 황금 돼지와 민혁이 충돌하기 직전.

좌아아아아앗!

민혁은 몸을 옆으로 비틀며 검으로 황금 돼지의 옆구리를 찢고 지나갔다.

"꾸이이이익!"

황금 돼지의 비명 소리. 성난 녀석이 빠르게 몸을 돌린다.

민혁은 호흡을 차분하게 했다.

타앗!

저 녀석이 한 번만 들이받아도 꽤 큰 타격을 받을 것 같았다. 그리고 다시 놈이 맹렬한 속도로 달려온다. 민혁은 피하지 않았다. 대신 달려오는 황금 돼지를 노려봤다.

[급소 찌르기]
[성공할 시 공격력 17%가 추가됩니다.]

다섯 곳의 약점이 붉게 표기되었다. 정확하게 놈의 머리를 찔러야 한다. 민혁은 호흡을 가다듬고 양손으로 검을 꽉 쥐었다.

쿵쿵쿵쿵쿵!

지척을 울리는 소리.

"꾸이이익!"

민혁의 손에 식은땀이 맺혔다. 곧이어.

"흐읍!"

타이밍과 거리, 그리고 놈의 속도를 계산하여 민혁이 힘 있게 검을 찔렀다. 그러자 정확하게 황금 돼지의 목 쪽을 향해 검이 뻗어졌다.

푸지이이익!

"꾸이이이이익, 꾸이이이이익!"

목 바로 밑 쪽을 찔린 황금 돼지가 발버둥 쳤다. 민혁은 그 힘을 이기지 못하고 자신이 좌로, 우로 부웅부웅 몸이 들리는 걸 느꼈다.

황금 돼지에게 떨어져야 한다는 생각에 잠깐 검을 놓자 황금 돼지가 그 틈을 놓치지 않고 민혁을 공격하려 했다.

퍼지익!

그때 락쿠가 정확한 타이밍에 시전해 두었던 매직 미사일. 하얀색 주먹 한 구가 황금 돼지의 안면을 후려쳤다.

"굿 잡!"

민혁이 한 바퀴 몸을 굴렀다. 그리고 빠르게 몸을 일으키면서 그 상태로 검을 꽉 쥐었다.

푸지이익!

"꾸이이이익……!"

놈이 비명을 토한다. 민혁은 이를 악물고 힘껏 뽑아냈다.

"꾸이이이이익!"

놈이 민혁을 그대로 들이받아 버렸다.

푸슈유유유육!

그와 함께 놈의 목 밑에 박혀 있던 검이 뽑혀 나왔다. 이윽고 황금 돼지의 목에서 붉은 피가 꿀럭꿀럭 흘러나왔다.

"크읍."

몸을 일으킨 민혁은 이제 거의 끝나간다는 걸 알아챘다.

파앗!

지면을 박찼다.

"꾸이이이익!"

놈이 비명을 지르며 비틀거린다. 그리고 민혁의 검에 밝은 빛이 물든다.

[용맹의 일격]
[일격에 20%의 공격력이 추가됩니다.]

푸화아아앗!

황금 돼지의 목이 깊게 베이며 녀석이 천천히 쓰러져 내렸다.

쿠우우웅!

황금 돼지의 몸이 부들부들 진동하는 게 참으로 현실적인 모습이었다. 아직 숨이 완전히 끊어지지 않았지만 이제 금방 끊어질 것이다.

'그리고 보면……'

돼지에게 정신이 팔려 깜빡했었지만, 민혁은 로이나에게 황혼의 무덤 관련한 퀘스트를 받았었다.

그리고 그 생각을 끝냄과 동시에 알림이 울렸다.

[레벨업 하셨습니다.]

[레벨업 하셨습니다.]

[레벨업…….]

[퀘스트 '첫 파티 사냥'을 완료했습니다.]

[10,000골드를 획득합니다.]

[보너스 포인트 5를 획득합니다.]

알림은 거기서 끝나지 않았다.

[직업 퀘스트 '황혼의 무덤 공략하기'를 완료했습니다.]

[신 클래스. 식신(食神)으로 전직합니다.]

[레벨업을 위한 필요 경험치가 3배 상승합니다.]

[식신 스킬을 획득합니다.]

"……식신?"

민혁은 고개를 갸웃할 수밖에 없었다.

신 클래스. 민혁도 익히 들어 알고 있다. 신 클래스는 정말 특별하다. 그리고 여러 시련을 거쳐야 하는 경우도 있으며 다소 얻기 쉬울 때도 있다. 확실한 것은 히든 클래스, 시크릿 클래스, 혹은 전설 클래스보다도 더욱더 희귀하다는 거였다.

민혁은 먼저 스텟창을 열람해 봤다.

(민혁)

레벨: 13

직업: 식신(食神) 0%

HP: 431 MP: 280

힘: 47+14 민첩: 37+32 체력: 25+12

지혜: 20+8 지력: 20+8 명성: 16

포만도: 50%

보너스 포인트: 15

확실히 직업이 식신으로 변경되어 있었다.

그리고 의문.

'식신 옆에 붙어 있는 0%는 뭐야?'

식신 옆의 퍼센트는 미뤄두더라도, 포만도 옆에 붙어 있던 '/'가 완전히 사라졌다.

'흠……'

민혁은 일단 스텟창을 끄고 스킬창을 열어 새로 생긴 스킬들을 확인했다.

(신선함의 묘미)

패시브 스킬

레벨: 없음

소요 마력: 0 / 쿨타임: 0

효과:

•과일을 따거나 사냥을 한 후 1시간 이내에 요리해 먹으면 맛이 훨씬 더 좋아지고 스텟이 추가 상승한다.

"스텟 상승?"

민혁은 고개를 갸웃했다.

무슨 뜻인진 알겠다. 생선도 갓 잡아서 회 떠 먹어야 맛있는 법이라고 했다. 그것처럼 신선함이 중요하다는 스킬 같았다. 하지만 그것보다도 더 의아한 것은 바로 '스텟이 추가'라는 부분이었다.

'밥 먹으면 스텟이 상승하기라도 한다는 거야, 뭐야?'

그런 생각을 하며 민혁은 스킬창을 추가로 확인했다.

(식신의 진가)

패시브 스킬

레벨: 없음

효과:

•새로운 음식을 먹을 때마다 다양한 요소에 따른 스텟이 상승한다.

•???

•???

'물음표?'

민혁은 경악과 함께 또다시 고개를 갸웃했다. 밥만 먹으면 스텟이 상승한다. 이럴 수가 있는 걸까?

'너무……'

사기적인데? 라는 생각이 들었다.

하지만 아직 스킬은 끝나지 않았다.

(재료습득)

엑티브 스킬

레벨: 없음

소요 마력: 100 / 쿨타임: 없음

효과:

• 도축되지 않은 고기, 손질되지 않은 채소 등을 한 번에 손질하고 얻을 수 있다.

(식신의 위대함)

패시브 스킬

레벨: ?

효과:

• ???

• ???

'오……!'

이상한 일이지만 민혁은 식신의 진가보다도 재료습득이 더 마음에 들었다.

사실 민혁은 닭을 손질했을 때 초반에도 매우 버겁다는 걸 느꼈다. 도축을 배운 사람이라면 모를까, 게임 속이어도 배우지 않은 사람이 하기에는 결코 쉬운 일은 아니다. 그런데 그게 만약 돼지나, 소라면? 민혁이 하는 건 말이 안 된다.

그래서 민혁은 황혼의 무덤에 오기 전, 근처 정육점에 들렀었다. 그곳에서 돼지를 가져오면 해체해 주는지 물었고 10만 골드만 가져오면 모두 해준다는 이야기를 들었었다. 그런 번거로움이 민혁에게 사라진 것이다.

'그래, 이게 바로 게임이지!'

민혁은 희열을 느꼈다. 일단 스킬은 여기가 끝이었다.

"민혁 님, 여기 템 나온 것 좀 봐요!"

민혁이 무언갈 하고 있다는 생각에 조용히 황금 돼지를 살피던 락쿠가 말했다. 확실히 템이 많이 떨어져 있었다.

"와, 여기 스태프도 나왔네."

황금 돼지여서 그런지 확실히 템 드랍 자체가 달랐다.

곧이어 그녀가 아이템을 습득했다. 여전히 자동 분배 시스템은 켜져 있었고 로그아웃한 두 사람을 제하고 그 둘에게 고루 들어왔다.

[파티: 67,354골드를 획득합니다.]

[파티: 민혁 님이 황금 돼지 가죽(1)을 획득합니다.]

[파티: 락쿠 님이 황금 돼지 뼈의 스태프를 획득합니다.]

[파티: 민혁 님이 황혼의 구슬을 획득합니다.]

[파티: 민혁 님이 황금 돼지의 보석을 획득합니다.]

"민혁 님, 제 손 잡아요."

"왜요?"

"트레이드하게요. 4만 골드랑 황금 돼지 뼈의 스태프 드릴게
요. 이거 레어예요!"

민혁은 피식 웃었다. 아마 대부분의 사냥을 자신이 했기에
미안해서 그런 것 같았다. 하지만 사실 민혁은 관심도 없었다.
지금 그의 관심은 오로지 하나. 바로 돼지였으니까.

"스태프는 님 써요, 돈도 반씩 나눴으니까 괜찮고. 어차피
저 마법사 아니어서 스태프 쓸 일 없어요."

"아, 그래도 미안……."

"미안하면 어서 밖으로 나가시죠."

"에?"

그녀가 고개를 갸웃했다.

"꼭 해야 할 일이 있습니다."

"……?"

그녀가 의아한 표정을 지었다. 하지만 곧 민혁의 표정을 보
곤 고개를 끄덕였다. 민혁은 당장 나가지 않으면 PK를 해버리

식신(食神)은 삼겹살을 먹을 줄 안다(1) 319

겠다는 듯 살벌한 표정이었다.

"아, 알겠어요. 그렇게 무섭게 보지 마요."

그녀가 공략 후 열린 워프 게이트 쪽으로 걸음 했다. 그 모습을 보던 민혁이 아차 해서 물었다.

"맞다, 혹시 직업 옆에 0%? 이거 뭔지 아시나요?"

"아, 네. 알아요. 그거 100% 채우면 보통은 2차 전직하는 거예요."

"오. 알겠습니다."

민혁은 고개를 끄덕였다.

식신이, 그냥 식신으로 끝나지 않는 거 같았다.

"즐아하세요!"

"넵, 즐아요."

곧이어 그녀가 사라졌다.

그녀가 사라지고 민혁은 황금 돼지에 손을 뻗었다.

"재료습득."

[안심, 등심, 알등심, 등심 덧살, 목심살, 앞 다리 살, 암 사태 살, 항정살, 볼기 살, 설깃살…… 삼겹살…… 오돌 삼겹…… 갈비…… 마구리…….]

민혁의 앞으로 홀로그램이 떠올랐다. 그 홀로그램에는 각 부위의 모양이 그려져 있었는데, 부산물인 내장과 족, 머리뼈,

피까지 보였다.

[획득할 재료를 선택해 주시기 바랍니다.]

민혁은 친절한 알림에 손가락을 뻗어 하나하나 클릭했다.

[삼겹살을 획득합니다.]
[갈매기살을 획득합니다.]
[안심살을……]

돼지 한 마리에는 정말 많은 부위가 있다. 대분할이 7개, 소분할이 22개이다. 그리고 이 중 버릴 부위는 정말이지 없다. 그렇게 털과 피를 빼고 대부분 획득한 민혁은 씨익 하고 웃었다.
'반갑다, 돼지야.'
그는 침을 꿀꺽 삼켰다.

to be continued

귀빨도 없는 회귀

목마 퓨전판타지 장편소설

불친절하기 짝이 없는 이세계 '에리아'.
그곳에 소환된 '이성민'.

13년의 생활 끝에 죽음을 맞이한 그에게
또 한 번의 기회가 주어졌다.

재능이 없다.
그러나 그에겐 13년의 기억이 있다.

우연처럼 엮인 필연이, 그리고 목적이
그를 앞으로, 더 높은 곳으로 나아가게 한다.

이성민은 무엇을 바라였는가.
무엇이 되고 싶었는가.

"나는 다시 살아가 보고 싶다.
전생보다 나은 삶을."